JN086762

VICTORY NOVELS

# 新連合艦隊

## ❷オアフ島への大進軍!

原 俊雄

電波社

この作品はフィクションであり、登場する国家、団体、人物などは、
現実の国家、団体、人物とは一切関係ありません。

# 新連合艦隊(2)——もくじ

## オアフ島への大進軍！

# 第一章　環太平洋電撃戦

## 1

連合艦隊〝勝利！〟の報に接し、日本の朝野《ちょうや》は大歓声に沸いた。――列島全体が揺れている。

――連合艦隊が布哇《ハワイ》・真珠湾を猛爆撃！　米戦艦五隻撃沈、三隻大破、米空母「レキシントン」を撃沈す！

目もくらむような大戦果のゴシップが、すき間なく紙上で躍っている。

それまで巷《ちまた》ではあまり知られていなかった〝山口多聞〟大将の人物像も紹介され、連合艦隊を率いてハワイへ出撃した山口は一躍、時の人となっていた。

それだけではない。

一二月一〇日には、南西方面艦隊麾下《きか》の陸攻隊が英東洋艦隊の主力戦艦二隻「プリンスオブウェールズ」「レパルス」の撃沈にも成功、帝国海軍の快進撃はまるでとどまるところを知らない。結局南シナ海へ出動していた戦艦「伊勢」「日向」に出番はなく、帝国海軍は世界で初めて洋上行動中の敵戦艦を見事〝航空攻撃のみ〟で撃沈してみせたのだった。

統合艦隊参謀長の宇垣纏《まとめ》少将も、味方陸攻隊の活躍にすっかり舌を巻き、絶句している。それは大艦巨砲主義の全《まった》き終焉を意味していた。

連合艦隊はミッドウェイ島の西方およそ六〇〇海里の洋上で、出迎えに出た輸送戦艦「扶桑《ふそう》」ときっちり合同を果たし、山口大将の将旗を掲げる戦艦「大和」は、昭和一六年一二月二四日に呉の柱島錨地《びょうち》へ帰投して来た。

埠頭や海辺では、赫々《かくかく》たる戦果を挙げて内地へ凱旋した連合艦隊の雄姿を、ぜひ〝この眼で見てやろう！〟と人だかりができていた。

そこへ「大和」が入港して来る。

圧倒的な巨艦の存在感にみなが感激し、思わず涙を流す者さえいた。

ミッドウェイ〝占領！〟の知らせはすでに内地にも届いており、公約どおり同島の占領を成し遂げた連合艦隊を称えるために統合艦隊司令長官の山本五十六大将も、宇垣参謀長を伴ってみずから出迎えに来ていた。

現在、山本大将の統合艦隊は呉鎮守府内に仮の司令部を置いている。横浜市の日吉台に建設中の本来の司令部はいまだ完成しておらず、第一段作戦の目処が立つまでは呉で指揮を執り、第二段作戦を迎える前に日吉台へ司令部を移す。建設中の本司令部は昭和一七年三月までに完成する予定となっていた。

とにかく南方資源地帯を攻略し石油を獲得するまでは作戦に専念する必要がある。太平洋全域に眼を光らせて指揮を執るには帝国海軍最大の根拠地である呉にまず、司令部を置いておいたほうがなにかと都合が良かった。第一段作戦の方針はすでに決まっており、軍令部とのやり取りも今はさほど頻繁でない。だが、第二段作戦以降は帝都にほど近い日吉台へ司令部を移し、軍令部と入念なすり合わせをおこなう必要があった。

艦長の見事な舵さばきで「大和」が旗艦の定位置に投錨するや、山本は、待ちかねたようにしてラッタルを駆け上がり、山口の待つ司令長官室をめざした。

その姿を認めて、山口も迎えに出る。二人して入室するや、山本が開口一番に訊いた。

「どうかね、『大和』の乗り心地は？」

「いやあ、上々です。一流ホテルにも引けを取りませんな……。ただし飯の量が少ないので、料理長に言い付けて、だいぶ増やしました」

山口がそう口をつなぐと、山本は〝さもありなん〟と笑みを浮かべ、無言でうなずいた。

宇垣は、山本と別れて参謀長室へ向かい、酒巻《さかまき》宗孝《むねたか》少将と談笑している。勝利を称えあう参謀長同士の笑い声がこちらの方にもかすかに聞こえてきた。

それに触発されて、山本があらためてねぎらいの言葉を掛ける。

「いや、それにしてもよくやってくれた！　ミッドウェイの占領もそうだが、一隻とはいえ厄介な米空母（レキシントン）を仕留めてくれたのがなにより大きい。……これで太平洋艦隊もしばらくは動けまい」

山本がそう水を向けると、山口も大きくうなずいてみせた。

「さしもの太平洋艦隊も西海岸へ引き揚げ、おそらく半年ほどは、サンディエゴから出て来られぬでしょう」

すると山本は、うなずきつつも目をほそめ、おもむろに念を入れた。

「……大勝利にちがいないが、真珠湾にあたえた損害は、徹底的かね？」

山口は即答した。

「徹底的です。敵司令部にも爆撃を加えてこれを破壊し、重油タンクなどもことごとく破壊し尽くしました」

「うむ。よくやってくれた！　きみの口からこうしてあらためて聴くと、いよいよ懸念を払拭して南方攻略に専念できる。……太平洋艦隊が半年も沈黙してくれれば御の字だ」

山口もうなずき返す。

「米艦隊は真珠湾を根拠地として使えず、組織立った反攻をおこなうのは不可能でしょう。むろん空母部隊などによる散発的な反撃はあるかもしれませんが、上陸をともなうような本格的な反抗はしばらく不可能なはずです」

山本はあらためてこれにうなずくと、にわかに口をへの字に曲げた。

「米艦隊を西海岸へ押し込めることができたのは上々のすべり出しだが、じつは、ひとつだけ気にいらないことがある」

「……はて、なんでしょう？」

山口が不審に思って首をかしげると、山本はそれを待っていたかのようにして、大げさに愚痴をこぼした。

「二隻の英戦艦を沈めたのはわれわれ（統合艦隊司令部）が事前に手配した陸攻隊だ！　その戦果までもが、なぜか連合艦隊の手柄になっておる。それだけがどうしても気にいらん！」

山本の言うとおりだった。世間ではあまり「統合艦隊」の名が知られておらず、いまだ「連合艦隊」が海軍の代名詞となっている。そのためみなが、英戦艦二隻を沈めたのも〝連合艦隊だ！〟と思い込んでいた。

ただし司令長官としての世間の知名度においては、いまだ〝山口多聞〟よりも〝山本五十六〟のほうが勝っていた。が〝この勘ちがい〟によってそれが逆転しそうなほど、山口の名声が〝うなぎのぼり〟となっている。

「せっかくの手柄を横取りされたのでは、……まったくかなわん！」

「……そんなもの、どちらだって、いいじゃありませんか……」

山口が呆《あき》れてそうつぶやくと、山本はますます向きになった。

「いいや、そうはいかん！　手柄は手柄として統合艦隊〝ここに在り！〟と、もっと宣伝してもらわにゃ、ならん！」

「しかし手柄でいえば、空母を沈めた連合艦隊のほうが、やっぱり上でしょ？」

「きみ、言うねえ……。だが、こちらは二隻だ」

「ですが、それをおっしゃるなら、旧式といえどもこちらは五隻。いや、空母も入れると、六隻で三倍の戦果です」

「いや、ちがう。五隻は〝据えもの切り〟だから数にははいらん！」

「……長官も、強情ですな……」

山口が思わずつぶやくと、山本もさすがに矛《ほこ》をおさめた。

「あははは！　強情と言われては仕方がない。今回はきみに手柄をゆずっておこう。連合艦隊にはこれからもどしどし、米空母を沈めてもらわにゃ困るからな……」

二人は「大和」で昼食を採り、午後からは呉の統合艦隊司令部に場所を移して、さらに話し合いを続けた。

## 2

公約どおりミッドウェイ島を占領したばかりでなく、うるさい米空母をきっちり沈めてみせたのだから、山口多聞の統率力には山本五十六も心底脱帽していた。

――この男にはやはり、生まれついての将才がある! その点おれなど、足元にも及ばない!

愚にも付かぬ「大和」での冗談はさておき、みずからの司令部へ戻るや、山本は一転して要件を切り出した。

「おそらく、連合艦隊の大勝利に感化されたのだろう……。じつは参謀本部が手のひらを返したようにして、第二段作戦でのハワイ攻略を匂わせてきた」

「ほう……、それは近年、稀《まれ》にみる朗報ではないですか……。いや、話を蒸し返すようですが、長官の派遣した陸攻隊が英戦艦二隻をまんまと沈めましたので、陸軍もシンガポールの攻略に、俄然《がぜん》自信が出てきたのでしょう」

山口は即座にそう応じたが、意外にも、山本の顔は冴えなかった。

「ああ。陸軍がようやくその気になってくれたのはよいが、じつのところそう手放しではよろこべない」

「なぜ、ですか?」

「ハワイ攻略は、あくまでマレー作戦が片付いたあと、第二段作戦以降での実施になる。しかも参謀本部は、攻略作戦の準備に〝すくなくとも半年ほど必要である!〟と、軍令部に対して先に釘を刺してきた」

「はあ……、半年ですか……」

準備に半年も掛かるようではなるほど手放しではよろこべない。山口も急に苦虫を噛みつぶしたような顔付きとなって嘆息した。

山本が続ける。

「そこで、あらためてきみに訊きたい。……シンガポールを首尾よく攻略し、第一段作戦が早めに片付いたとしても、ハワイ攻略はおそらく七月か八月ごろの実施となるだろう。……それまでオアフ島の敵飛行場や真珠湾の壊滅状態が続き、米艦隊が西海岸に引っ込んでおいてくれると、期待できるだろうか？」

むろん真珠湾は徹底的に破壊した。そのことに自信はあるが、半年後の攻略作戦実施では時間が経ちすぎで、さしもの山口もまったく確信が持てなかった。

「七月ではいかにも遅すぎます！　米国の工業生産力からして、そのころには米軍は必ず真珠湾を復旧してくるでしょう。いや、わたしにも本当のところはわかりませんが、七月では遅いと考えておいてしかるべきです！」

山本もそう思った。

米軍が復旧に手こずるという淡い期待はあったが、こうして山口に断言されると、それがいかにも希望的観測にすぎない、ということを、山本はあらためて自戒せざるをえなかった。

「やはりそうかね……」

「遅くとも五月に攻略しなければ、緒戦のハワイ奇襲はすっかり水泡に帰して元《もと》の木阿弥《もくあみ》となるでしょう。そうなればミッドウェイも危うい。五月中の実施ということで、なんとか陸軍を説得できませんか⁉」

山口は勢い込んでそう問いなおしたが、山本は力なくかぶりを振った。

「残念ながら陸軍の主張にも道理がある。上陸訓練だけでなく兵力移動なども含めると、準備には最低でも三ヵ月程度は必要だろうし、ましてや第一段作戦がそうすんなり片付くとは限らない。いや、第一段作戦がすこぶる順調に推移したとしても、ハワイ攻略は六月中に実施するのが精いっぱいだろう」

「しっ、しかしそれでは、米海軍が立ち直るのは必定です！」

山口はさらに勢い込んだ。が、それを避ける手段はひとつしかない。山本は、うなずきながらも目をほそめ、山口にあらためて問うた。

「ああ、そのとおりだが、……そこでさらに訊きたい……」

「もう一度、ハワイをやれんかね？」

山本がそう言い放つと、さすがの山口もしばらく考え込み、大きく息をひとつ吐いてから確認をもとめた。

「……なるほど。機動部隊でもう一度ハワイを空襲し、オアフ島米軍の復旧作業を妨害しよう、というのですね？」

「そのとおりだ。……第一段作戦の目処が付き次第、再度オアフ島を空襲し、復旧途上の飛行場や真珠湾をもう一度完膚なきまでに叩きつぶす。そうすればハワイ攻略が八月ごろにずれ込んだとしても、米軍は立ち直りの機会を奪われ、さしたる抵抗を受けずに済むだろう」

オアフ島の敵飛行場を事前に叩きつぶしておきさえすれば、米軍機動部隊との純然たる戦いとなり、ハワイ攻略の成算は充分にある。

米海軍が空母を大量に完成させてくるのは一九四三年（昭和一八年）以降のこと。空母数すなわち機動部隊の兵力では、現在、連合艦隊が完全に米側を圧倒している。ハワイ近海で七月か八月に純然たる空母決戦を挑めば、勝利をもぎ取れる可能性がかなり高い。

米軍機動部隊を退けさえすれば、飛行場が壊滅状態にあるオアフ島を占領するのは、まずもって造作もないことだった。

――よし！　陸軍がどうしても〝うん〟と言わぬなら、機動部隊でもう一度、オアフ島を空襲してやろう！

山口は俄然そう決意したが、ひとつだけ問題がある。山口はそれを山本にぶつけた。

「先のハワイ、ミッドウェイ作戦で、連合艦隊は一二〇機余りの艦載機を喪失しました」

そのことは山本も承知していた。亡くなった母艦搭乗員はすでに一五〇名を超えており、山本がしずかにうなずいてみせると、山口はいつになく硬い表情で訴え掛けた。

「機材の補充は利くかもしれません。が、二度もオアフ島を空襲した挙げ句に三度目でようやく攻略作戦に乗り出すとすれば、母艦搭乗員の補充が追い付かず練度も大幅に低下するでしょう。なにより、それが心配です」

山口の訴えは当然だった。

ハワイ空襲を敢えてもう一度やるとすれば、二度目の空襲作戦においても、艦載機を〝一〇〇機程度は失う！〟と、覚悟しておかなければならないだろう。

当然だが、着艦技量を持つ母艦搭乗員の育成はとても一朝一夕にはいかない。

万一搭乗員不足となれば、連合艦隊にとってはまさに死活問題。だが、山本はそのための対策も一応講じていた。

「きみの懸念はもっともだ。大和型三、四番艦の建造を即刻中止する！　大臣（嶋田繁太郎《しげたろう》）からはすでに建造中止の同意を取り付けてある。その分で浮いた予算を、空母の増産と航空隊の整備にまわして、搭乗員不足におちいらぬよう最大限に努力する！」

嶋田繁太郎大将は山本五十六と同期だ。

英戦艦二隻の沈没によって、空撃のみで戦艦を撃沈し得ることが実戦で証明され、山本が三、四番艦の建造中止をもとめると、海軍大臣の嶋田はただちに山本の意見を容れた。大臣の嶋田が戦艦建造にさほど固執していなかったことが、山本にとっては幸いした。

もはや航空主兵の世が到来したのはあきらかで当然といえば当然の措置だが、すでに多くの搭乗員を亡くしていた山口は、それでも不安をぬぐい去れなかった。

「なるほど、それならうなずけますが、一人前の母艦搭乗員を育てるにはたっぷり半年ほど掛かります！　二度目のハワイ空襲ははたしていつごろ実施するお考えですか？」

「……そりゃ第一段作戦のなりゆき次第だが、オアフ島の復旧作業を確実に妨害するには、先ほどきみが言ったとおり、遅くとも五月には実施する必要があるだろう」

これを聞くや山口は首をかしげた。

「ならば、あと四ヵ月ほどしかなく、新規養成の搭乗員は戦力として間に合わず、当てに出来ないではありませんか……」

なるほど、五月に二度目のハワイ空襲を実施するとすれば、四月中に訓練を終了しておく必要がある。山口が言うとおり新規搭乗員は間に合わないが、山本にはさらに考えがあった。

「二度目のハワイ空襲は、中国戦線から実戦経験豊富な搭乗員を割いて手当てする。いずれにしても今後は大量の搭乗員が必要になるだろう。前線で戦う航空隊に倍するほどの予備兵力を夏までにそろえねばならん！　そのため、新たに練習航空艦隊を創設し、塚原（二四三《にしぞう》中将）くんや戸塚（道太郎中将）くんをその司令長官に据えて内地での訓練に専念してもらい、大量の搭乗員を育成するつもりだ！　……しかしそれでも、練度の低下は避けられんだろうが……」

山本が最後にそう言及すると、これには山口もしずかにうなずいた。

それ以上の対策は、山口にも思い付かなかったからである。

「……わかりました。そこまで考えておられるなら、万難を排して二度目のハワイ空襲をやりましょう」

むろん山本はこれにうなずいた。

3

海軍航空隊の活躍によりその後も第一段作戦はいたって順調に推移した。

一九四一年一二月二六日にダグラス・マッカーサー大将が無防備都市化を宣言すると、日本軍は翌年一月二日にマニラを占領。これをもって比島方面艦隊は解隊され、一月一五日付けで塚原二四三中将が練習航空艦隊司令長官に就任した。

塚原中将は引き続き第一航空艦隊（基地航空部隊）の司令長官を兼務しているが、その司令部を台湾の高雄基地から横須賀へ移して新規搭乗員の育成にちからを注ぐ。第一航空艦隊麾下の各航空戦隊（基地航空隊）は一時、南西方面艦隊などの指揮下に入って南方作戦を支援した。

いっぽう、連合艦隊麾下の機動部隊も昭和一七年・年明け一月中旬には活動を再開して、南方の攻略などにひと役買っていた。

一月下旬には、小沢・第二艦隊の空母三隻（第一航空戦隊）がラバウル、カビエンを空襲、同時に戸塚・第三艦隊の空母三隻（第二航空戦隊）は蘭印のアンボンを空襲した。

さらに第二、第三艦隊の空母六隻は、二月中旬に豪州北部のポートダーウィンを空襲して、三月上旬にはジャワ海掃討作戦も実施した。

その間、山口大将の座乗する「大和」は内地に居残っていたが、角田《かくた》・第三航空戦隊の空母「加賀」と軽空母二隻は機材の補充を終えたのち、三月上旬にはトラック基地へと進出した。

そして帝国陸海軍は、二月一五日にシンガポールを占領、三月中旬までに、ラングーンや蘭印のほぼ全域を手中におさめ、所期の予想を上まわる早さで第一段作戦を終了した。

第一段作戦中に帝国海軍は航空機二〇〇機余りを喪失し、駆逐艦四隻「疾風《はやて》」「東雲《しののめ》」「狭霧《さぎり》」「夏潮《なつしお》」と潜水艦六隻を失っていた。

また、ダバオ南方洋上では重巡「妙高」が爆撃を受けて中破しており、水上機母艦「千歳」もミッドウェイ環礁内で碇泊していたところを米軍艦載機に襲われ、五〇〇ポンド爆弾一発を喰らって中破していた。

さらに、二月九日には空母「魁鷹《かいよう》」がパラオで触礁事故を起こし艦底を傷付けていたが、およそ大事にはいたらずに済んでいた。

傷付いた「魁鷹」は本格的な修理をおこなうため、三月二二日に佐世保へ帰投。第二艦隊司令長官の小沢治三郎《じさぶろう》中将は、旗艦を空母「翔鶴《しょうかく》」に変更し、その後も作戦を継続した。

第一段作戦は終了したが、第二艦隊の空母「翔鶴」「瑞鶴《ずいかく》」と第三艦隊の空母「赤城」「飛龍《ひりゅう》」「蒼龍《そうりゅう》」は、統合艦隊・山本司令部のもとめに応じて三月中旬にインド洋へと進出、マレー半島西方のアンダマン諸島とニコバル諸島を空襲して東インド洋から英軍兵力を一掃した。

三月二三日には海軍陸戦隊が南アンダマン島の要衝・ポートブレアを占領して、四月はじめにはニコバル諸島も無血占領した。

当時、ジェイムズ・ソマヴィル大将を司令長官とする英東洋艦隊はセイロン島・コロンボに根拠地を置いて、空母二隻、軽空母一隻、戦艦五隻の堂々たる兵力をそろえていた。が、三空母の搭載する艦上機は一〇〇機に満たず、戦艦「プリンスオブウェールズ」「レパルス」の沈没に恐れをなしたソマヴィル大将は、セイロン島方面から決して撃って出ようとはせず、戦いを徹底的に避けて艦隊の温存策に終始した。

英艦隊が徹底して戦いを避けたため、帝国海軍はマラッカ海峡やアンダマン海の制海、制空権を完全に手に入れた。

アンダマン、ニコバル諸島の攻略を支援した連合艦隊麾下の五空母は、軽空母「龍驤《りゅうじょう》」とともに四月二日に内地へ帰投して〝次期作戦〟に備えることとなった。

じつは、三月八日にはミッドウェイ近海へ二隻の米空母が現れ、周知のとおり環礁内・碇泊中の水上機母艦「千歳」を中破していた。

　その空襲により、帝国海軍はほかにも零戦など三三機を撃破され、イースタン島の主要滑走路も大破にちかい損害をこうむった。

　ミッドウェイ基地に対する米側の攻撃は、結局一過性の機動空襲作戦に終わった。

　そのため、飛行場は三日後にはおおむね機能を回復したが、米軍機動部隊がついに動き出し、連合艦隊の尻にこれでいよいよ火が点《つ》いた。三月二九日にはサンド島基地発進の二式飛行艇から『米軍はオアフ島の飛行場を復旧しつつある！』との報告も入り、山口多聞大将は〝もはや一刻の猶予もならない！〟と、二度目のハワイ空襲を即座に決意した。

　ミッドウェイ環礁内のサンド島基地には二月下旬に二機の二式飛行艇が進出していた。

　ミッドウェイからハワイ・オアフ島までの距離は一一五〇海里も離れているが、三五〇〇海里以上もの長大な航続力を誇る二式飛行艇なら余裕で往復できる。

　二機の飛行艇はオアフ島の復旧状況を偵察するために、三月はじめから週に一、二度ずつ、不定期でオアフ島上空まで飛んでいた。

　この日（ホノルル時間では三月二八日）もそうだった。前日の午後一〇時過ぎにサンド島の泊地から飛び立った同機は、米軍のレーダー探知を避けるために徐々に高度を低めてハワイ方面へと接近、薄明を迎えるのと同時に一気にオアフ島上空へ進入して、最大速度で真珠湾やヒッカム、ホイラー基地の上空を駆け抜けた。

そして地上の様子を確認したところ、ヒッカム飛行場の復旧度合いはこれまでとさほど変わらずあまり進んでいなかったが、ホイラー飛行場ではかなり復旧が進んでおり、同機はこの日はじめて敵戦闘機の追撃を受けた。

最大速度を維持したまま、カエナ岬の上空からミッドウェイ方面へと一気に飛び去り、同機はきわどいところで事なきを得たが、もはやホイラー飛行場に敵戦闘機が配備されているのはまちがいなく、断雲のなかを突っ切ったあと、同機は先の報告電を発したのだった。

ミッドウェイ基地から追加で「大和」に送られてきた報告電には『ホイラー基地に戦闘機配備の兆候あり！』と言及されており、これで司令部内の空気が一変。山口大将はいよいよ二度目のハワイ空襲を決意した。

――すくなくとも一ヵ月以内にオアフ島を再空襲しなければ、手が付けられなくなるぞっ！

オアフ島に配備されたのはいまだ少数機のようだったが、それが一〇〇機、二〇〇機ともなれば排除するのがいよいよ難しくなる。

はたして「翔鶴」以下の空母五隻と軽空母「龍驤」が内地へ帰投して来たのは、二式飛行艇から通報があった、その三日後のことだった。

かたや、角田覚治《かくじ》少将の率いる第三航空戦隊の空母「加賀」と軽空母「祥鳳《しょうほう》」「瑞鳳《ずいほう》」は〝次なる作戦〟にそなえて、すでにトラック基地へ進出していた。

これら三空母は、本来は山口自身が司令長官を兼務する第一艦隊の母艦だが、一時的に連合艦隊の指揮下から離れており、内地へ呼びもどすにはどうしても軍令部の許可が必要だった。

そして忌《い》ま忌ましいことに、本来の機動部隊の旗艦である空母「魁鷹」はいまだ佐世保で修理の真っ最中だ。

――二度目のハワイ空襲は小沢中将に指揮をゆだねて、第二、第三艦隊の残る母艦で実施せざるをえないのかっ！

山口は危機感を強めるや、山本大将と話し合うために翌日には上京した。

日吉台にはすでに本司令部が完成しており、統合艦隊長官の山本五十六大将は、幕僚らを従えて二月中にそちらへ移っていたのである。

# 第二章　第二次布哇《ハワイ》作戦

1

戦争継続の根幹にかかわる石油の獲得にまずは成功して、統合艦隊司令長官の山本五十六大将もさすがに安堵していた。

マラッカ海峡やアンダマン海の防備も固まりつつある。あとは敵潜水艦の出現に最大限警戒しつつ、古賀峯一《みねいち》大将の海上護衛総隊を中心に万全の補給体制を構築すればよい。そのためには護衛空母がもうすこし必要だが、五月には大鷹型《たいようがた》護衛空母の二番艦「雲鷹《うんよう》」が竣工し、七月にも同三番艦の「冲鷹《ちゅうよう》」が竣工する見込みとなっていた。

輸送戦艦「扶桑」を中心とする海上護衛部隊がすでにシンガポールへ向かっているが、恐るべき米国との戦いはとにかくこれからであり、山本は以後、連合艦隊に可能なかぎりの協力をおこなうつもりでいた。

――早急にハワイを攻略する必要がある！

ところが、第二段作戦の策定に当たり、軍令部は参謀本部との話し合いでニューギニア島全域の制圧を早々と決めていた。

これに対して山本の統合艦隊司令部は、周知のとおりアンダマン、ニコバル諸島の攻略を軍令部に提案し、連合艦隊の協力を得て両諸島の攻略にいちはやく成功していた。

かたや山口の連合艦隊司令部は、早期のハワイ攻略を熱望していたが、それが陸軍の抵抗に遭って実現せず、五月に二度目のハワイ空襲を実施して、遅くとも「八月にはオアフ島を攻略すべきである!」と軍令部に訴えていた。

そして参謀本部との話し合いの結果、軍令部は八月のハワイ攻略を陸軍に認めさせたその代わりに、ニューギニア南東端のポートモレスビーを四月に攻略するとし、統合艦隊と連合艦隊の同意を取り付けていたのだった。

第二段作戦(昭和一七年三月一〇日・策定)

・三月下旬/アンダマン、ニコバル諸島攻略
・四月上旬/ポートモレスビー攻略
・五月中旬/第二次布哇作戦(空襲のみ)
・八月/第三次布哇作戦(オアフ島攻略)

六月、七月の作戦予定はない。二隻の護衛空母に加えて飛鷹型空母なども竣工するので、そのころにはさらに多くの搭乗員が必要になる。そのためこの間は搭乗員の育成に専念するが、軍令部も航空隊増員の必要性は認めていた。

問題は五月中旬に予定されている「第二次布哇作戦」だ。

本来は角田・第三航空戦隊の三空母「加賀」「祥鳳」「瑞鳳」も同作戦に参加する計画となっていたが、オアフ島・敵飛行場に〝戦闘機配備の兆候がある!〟というのだから、ポートモレスビー作戦の終了を待っていたのでは、米軍にむざむざ立ち直りの時をあたえてしまう。

——五月中旬などといわず、もっと「第二次布哇作戦」を早めるしかない!

そう決意した山口は、山本長官と話し合うために急ぎ上京した。一式陸攻に飛び乗って、山口が統合艦隊司令部に入ったのは、三月三一日・朝のことだった。

双方とも多忙で直接会うのはほぼ三ヵ月ぶりのこと。それでも事前に連絡を入れており、山本長官は時間を割いて待っていてくれた。要はハワイ作戦だ。山口が用件を切り出すと、もはや山本も事態を把握していた。

「ああ、聞いた！　二度目のハワイ空襲を早めるしかないな」

「はい、問題は三航戦の三空母です！」

山口がポートモレスビー作戦の中止を切望しているのは山本にも痛いほどよくわかった。心情を察するに余りあるが、山本はいかにも残念そうにかぶりを振った。

「今さら三航戦を呼びもどすのは、どう考えても不可能だ。……作戦はすでに動き始めている」

山本が言うとおり、角田少将の率いる三空母は新設された南東方面艦隊の指揮下へ一時的に編入されて、明日（四月一日）にはトラックから出撃することになっていた。

およそ不可能であろうことは、山口もうすうす感じてはいたが、それを山本から先に宣告されてしまい、山口はがっくり肩を落とした。

「やはり、無理ですか……」

山本はこれに黙ってうなずくと、つぶやくようにして言った。

「……『第二次布哇作戦』は残る連合艦隊の空母で実施するしかない！」

山口も一旦は残念そうにうなずいたが、すぐに気持ちを切り替えて山本に申し出た。

「そこで、あらためて長官にひとつだけお願いがございます」

　すると山本は、またもや先まわりして、ずばり山口の考えを言い当てた。

「いや、わかっとる。『龍驤』をよこせ、と言うのだろう?」

「おっ、おっしゃるとおりです。……第二艦隊は今、『魁鷹』を欠いておりますので、ぜひともそうしていただきたい」

　空母「魁鷹」の修理は五月はじめごろまで掛かりそうだった。

　いっぽう「龍驤」は、内地で艦載機や搭乗員の補充をおこなったのち、第七艦隊の指揮下へもどされる予定となっていた。

　軽空母「龍驤」は緒戦に三川《みかわ》・第七艦隊の一員としてウェーク、ミッドウェイ両島の攻略作戦に参加し、三月はじめには南遣艦隊の指揮下へ編入されて、アンダマン、ニコバル両諸島の攻略をも支援していた。

　いま一度、内地で艦載機を補充するために「龍驤」は今、連合艦隊麾下《きか》の五空母と連れ立って東シナ海を北上していたが、空母「魁鷹」の不足をおぎなうには、「龍驤」を急遽、第二艦隊の指揮下へ編入して、「第二次布哇作戦」に参加させるしかなかった。

　山口はすでに〝「龍驤」の作戦参加が欠かせない!〟とみずからに言い聞かせていたが、それには海軍全体の指揮権を持つ山本長官の承諾を得る必要があった。

　統合艦隊長官の山本大将がうなずけば、第七艦隊長官の三川軍一《ぐんいち》中将も「龍驤」のハワイ作戦参加に強《し》いて反対するようなことはない。

山本は、山口と同様に「龍驤」参加の必要性を感じていたが、ひとつだけ確認した。

「かまわんが、それで（第二次布哇作戦を）、いつやる？」

「兵は拙速《せっそく》を尊《たっと》ぶと申します。四月八日に第二艦隊、第三艦隊に出撃を命じ、四月二〇日・早朝を期して、もう一度オアフ島を空襲したい、と思います！」

山口が即答すると、山本は、すこし考えてからこれに大きくうなずいてみせた。

帝国海軍はすでにミッドウェイ島を占領しているので、ハワイ近海へ迫る出撃部隊は北太平洋へ大きく迂回する必要がなかった。

ただし、開戦時のように択捉島《えとろふとう》で部隊を集結させているような時間はなく、瀬戸内海から部隊を出撃させる必要がある。およそ三四五〇海里に及ぶ航程だ。途中の洋上給油をふくめて時速一二ノットの平均速度で進軍すれば、山口が言うように出撃部隊は、四月二〇日（ハワイでは一九日）の朝にはオアフ島の西北西・約二五〇海里の洋上へ到達する。

問題は「龍驤」だが、「第二次布哇作戦」が成功すれば、五月はじめには内地へ帰投してくると思われる。その後、八月まではとくに重要な作戦がないので、山本も〝支障なかろう〟とうなずいたのである。

2

山本五十六の説得に応じて軍令部も「龍驤」の出撃にうなずき、四月二日には兵力部署の変更が内示された。

〔ポートモレスビー作戦／参加部隊〕
南東方面艦隊　司令長官　清水光美《みつみ》中将
・第二航空艦隊（在ラバウル）清水中将兼務
第二一、二三、二五航空戦隊
・第七艦隊　司令長官　三川軍一中将
第四戦隊　司令官　三川中将直率
重巡「愛宕《あたご》」「高雄」「摩耶《まや》」
第五戦隊　司令官　山縣正郷《やまがたまさくに》少将
重巡「妙高」「羽黒」護空「大鷹」
第三航空戦隊　司令官　角田覚治少将
空母「加賀」軽空「祥鳳」「瑞鳳」
第一八戦隊　司令官　丸茂邦則《まるもくにのり》少将
軽巡「天龍」「龍田《たつた》」
第六水雷戦隊　司令官　梶岡定道《かじおかさだみち》少将
軽巡「夕張」　駆逐艦一六隻
第七潜水戦隊　司令官　吉富説三《よしとみせつぞう》少将
潜母「迅鯨《じんげい》」　潜水艦九隻

〔第二次布哇作戦／参加部隊〕
・第二艦隊　司令長官　小沢治三郎中将
第一航空戦隊　司令官　小沢中将直率
空母「翔鶴」「瑞鶴」軽空「龍驤」
第一戦隊　司令官　栗田健男《たけお》少将
戦艦「長門」「比叡」「霧島」
第七戦隊　司令官　志摩清英《しまきよひで》少将
重巡「最上」「三隈」
第二水雷戦隊　司令官　田中頼三《らいぞう》少将
軽巡「神通《じんつう》」　駆逐艦八隻
・第三艦隊　司令長官　戸塚道太郎中将
第二航空戦隊　司令官　戸塚中将直率
空母「赤城」「飛龍」「蒼龍」

第二戦隊　司令官　高木武雄《たけお》少将
　戦艦「陸奥」「金剛」「榛名」
第九戦隊　司令官　西村祥治《しょうじ》少将
　重巡「鈴谷」「熊野」
第四水雷戦隊　司令官　橋本信太郎少将
　軽巡「那珂」　駆逐艦八隻

　豪州の脱落を見すえていた軍令部は「第二次布哇作戦」より「ポートモレスビー作戦」のほうを重視していた。

　ましてや「第二次布哇作戦」は連合艦隊が突然その前倒しを言い出したのだから、軍令部は、第三航空戦隊の〝連合艦隊復帰〟を決して認めようとはしなかった。

　ポートモレスビー作戦を担当するのは清水光美中将（海兵三六期卒業）の南東方面艦隊だ。

　清水中将は第二航空艦隊の司令長官を兼務しており、ラバウルに司令部を置いている。いわゆるラバウル航空隊で、その指揮下には三つの航空戦隊（第一航空艦隊から移管）が在り、南東方面艦隊、第二航空艦隊は、三月一〇日に第二段作戦が策定されたのと同時に新編されていた。

　清水中将は開戦時に第六艦隊（潜水艦艦隊）の司令長官を務めていたが、三月一〇日付けでその職を小松輝久《てるひさ》中将（海兵三七期卒業）にゆずっていた。

　また、ポートモレスビーを攻略するために、南東方面艦隊の指揮下には一時的に三川軍一中将の第七艦隊も編入されていた。

　三川中将は重巡「愛宕」に将旗を掲げてラバウルから出撃し、角田少将の三空母も編成上はその指揮下に入っている。が、空母「加賀」に将旗を掲げる角田少将は、軽空母「祥鳳」「瑞鳳」と駆逐艦六隻を従えて、独りトラックから出撃してゆくことになっていた。

攻略目標であるポートモレスビーには四月一〇日を期して部隊を上陸させる。

角田・第三航空戦隊はラバウル航空隊（第二航空艦隊）などとも連携しつつ、四月一〇日までに豪北方面から米豪軍航空兵力を一掃しておく必要があった。

作戦遂行上、最大の障害となりそうなのは、やはり米空母だった。

万一、米空母が出て来れば、俄然《がぜん》、混戦となることが予想される。

その可能性は完全には否定できないが、今なお宿敵・太平洋艦隊は西半球（日付変更線以東）に閉じ込められており、三月八日には米空母二隻がミッドウェイ島の東方洋上に現れて同島を空襲していた。

それら米空母が補給も受けずに直接サンゴ海へ現れるようなことは断じてないし、真珠湾が稀にみる早さで復旧されていたとしても、一旦ハワイへもどった米空母二隻が真珠湾からサンゴ海まで進出するのだから、補給に要する時間もふくめて優に二〇日以上は掛かる。

さらに連合艦隊は、緒戦のハワイ奇襲作戦で空母「レキシントン」を沈めており、一月一一日には潜水艦「伊六」が空母「サラトガ」を発見して雷撃、酸素魚雷二本を見事に命中させて同艦にも致命傷を負わせていた。

これらの状況から推測して、軍令部や統合艦隊司令部は、豪北方面に米空母が現れるようなことは〝まずない！〟と断定していたのである。

3

はたして、日本側の推測は正しく、サンゴ海に米空母が現れるようなことはなかった。

三航戦の空母三隻は予定どおり四月一日にトラックを出撃、四月七日にはサンゴ海の奥深くまで進入して、まず豪州北部の都市・タウンズビルとクックタウンを空襲した。

同じく七日、ラバウル航空隊は三航戦・三空母の攻撃と呼応して、ポートモレスビーを空襲しており、翌・八日には「加賀」以下の三空母もポートモレスビー空襲に加わった。

四月九日には三空母が再度タウンズビルやクックタウンなどを空襲し、豪北方面から米豪軍航空兵力を一掃。敵の航空支援を遮断した上で、四月一〇日には予定どおりポートモレスビーへの上陸を開始した。

四月一〇日・未明には三川中将の本隊がポートモレスビー近海へ到着しており、重巡五隻による艦砲射撃と、たび重なる日本軍機の空襲によってポートモレスビー航空隊はほぼ壊滅。この日・午後には海軍陸戦隊・約三〇〇〇名と陸軍の南海支隊・約五〇〇〇名が上陸に成功して、敵飛行場への進軍を開始した。

角田少将麾下の三空母は、その後も四月一三日までサンゴ海にとどまり、ラバウル発進の零戦や陸攻などとともに、上陸部隊の進軍に航空支援をあたえ続けた。

そして、三日間に及ぶ激闘ののち、日本軍上陸部隊は、一五〇〇名以上の死傷者を出しながらも一三日・夜晩くに敵飛行場を制圧した。

四月一四日。豪軍守備隊はついにポートモレスビーの防衛をあきらめ、正午過ぎに白旗を掲げたのである。

日本側の勝因ははっきりとしていた。このときポートモレスビーなどの米豪軍飛行場には、米英蘭などから供与された旧式の戦闘機がわずかしか配備されておらず、質量ともに劣るそれら連合軍戦闘機はまるで零戦の敵ではなかった。

オアフ島および真珠湾が基地機能を喪失していたので、米軍による機材輸送がほとんど豪州まで行き届いていなかった。

いっぽう、小沢治三郎中将の第二艦隊と戸塚道太郎中将の第三艦隊は四月八日・朝、満を持して瀬戸内海から出撃していた。

第二次ハワイ空襲部隊　小沢治三郎中将

・第一航空戦隊（第二艦隊）小沢中将直率

空母「翔鶴」　搭載機数・計六六機
（零戦二四、艦爆二四、艦攻一八）

空母「瑞鶴」　搭載機数・計六六機
（零戦二四、艦爆二四、艦攻一八）

軽空「龍驤」　搭載機数・計三〇機
（零戦一八、艦攻一二）

・第二航空戦隊（第三艦隊）戸塚中将直率

空母「赤城」　搭載機数・計六〇機
（零戦二四、艦爆一八、艦攻一八）

空母「飛龍」　搭載機数・計五七機
（零戦二一、艦爆一八、艦攻一八）

空母「蒼龍」　搭載機数・計五七機
（零戦二一、艦爆一八、艦攻一八）

第二次ハワイ空襲部隊の航空兵力は零戦一三二機、九九式艦爆一〇二機、九七式艦攻一〇二機の計三三六機。

作戦の実施時期を四週間ほど早めたため、一部艦載機の補充が間に合わず、大型空母「翔鶴」「瑞鶴」「赤城」は搭載機定数をきっちり満たすことができなかった。

だが、それでも味方航空兵力は優に三〇〇機を超えており、オアフ島の米軍飛行場は〝いまだ充分には復旧されていない！〟とみられる。

――オアフ島配備の敵機が一〇〇機を超えるようなことはまずないはずだ！

連合艦隊・山口司令部のこの見方が正しいとすれば、計三三六機というのは、米軍の復旧作業を妨害して余りある兵力にちがいなかった。だとすれば、敵飛行場を再び無力化できる。

状況がゆるせば、第二次ハワイ空襲部隊は当然オアフ島に対して波状攻撃を仕掛けるが、やはり問題は米空母だった。

「ポートモレスビー作戦」とはちがって、今度はこちらが西半球へ踏み込むことになる。そのため数隻の米空母がハワイ近海に出撃して来る可能性がある。

部隊をあずかる小沢中将は、山口大将に対して出撃前に当然そのことを再確認した。

「万一、米空母が迎撃に現れた場合には、基地攻撃よりも、むろん米空母との戦いを優先すべきですね？」

山口はこれに即うなずき、言及した。

「ええ。八月までに敵飛行場を無力化しておきたいのは山々ですが、米空母を二隻も沈めることができれば、そのほうが価値があるでしょう」

二人の考えは完全に一致しており、小沢もむろんこの方針にうなずいた。

出て来たとしても米空母は多くて三隻。それ以上の米空母が迎撃に現れるようなことは〝まずない！〟と思われる。だとすれば、空母数は六対三で味方が圧倒的に有利だ。しかも、搭載機定数を欠いているとはいえ、味方航空隊の練度はいまだかなり高い。敵がのこのこ出て来れば、米空母を二隻ぐらい沈めるのは、決してむつかしいことではなかった。

その場合つまり空母戦が生起した場合には、味方も相当数の艦載機を消耗し、オアフ島に対する攻撃は不可能になるかもしれない。しかしここで二隻以上の米空母を沈めておけば、残る米空母は一隻か二隻でしかなく、次の攻略作戦時はおよそ基地攻撃に専念できる可能性が高い。

たとえば、第二艦隊の空母三隻は残存米空母との戦いに専念し、第一、第三艦隊の空母六隻でオアフ島を〝徹底的に叩く！〟というような作戦も可能になる。

さらにいえば、有力な機動部隊を相手にして戦えば、基地航空隊は必ず後手にまわされる。そのことは、オアフ島・米軍航空隊も決して例外ではなかった。

なにより、昭和一七年中はこちらが空母兵力で米海軍を完全に圧倒している。

――よーし！　万一、米空母が出て来れば、一隻残らず撃破してやる！

小沢自身いつになく意気込み空母「翔鶴」に将旗を掲げて出撃して行ったが、じつは出撃部隊の編成については、そうすんなり決着をみたわけではなかった。

最大の問題となったのは、ほかでもない、山口自身が座乗する連合艦隊・旗艦「大和」についての扱いだった。

山口は、戦艦「大和」に乗って出撃し、「第二次布哇作戦」の〝陣頭指揮を執るべし！〟と、つい先日までその気になっていた。

ところが、統合艦隊司令長官の山本五十六大将がそれに〝待った〟を掛けたのだ。

「きみの性分からして、陣頭指揮を執ろうという その気持ちは、わたしにもよくわかる。……しかし今は、南方からすこしでも多くの油を輸送しておく必要がある。八月の大作戦にそなえて文字どおり油断をまねかぬためにも、内地への輸送が先決だ。海上護衛総隊は今、多くのタンカーを必要としている。……食いしん坊の『大和』のためにタンカーを割くのは、どう考えても不合理だ」

山本の主張にはいかにも説得力があった。

巨大戦艦が出撃すれば、なるほど、それ自体で大量の重油を消費する。ましてや「大和」が出てゆけば、それを護るために駆逐艦の出撃数なども増やさねばならず、すくなくとも一個駆逐隊（駆逐艦四隻）を「大和」の護衛用として出す必要があるだろう。

ところが、出撃の決まった第二、第三艦隊の駆逐艦はいずれも航続力に優れる陽炎型《かげろうがた》駆逐艦であり、「大和」のために追加で出撃してゆく駆逐隊には、どうしても航続力に劣る白露型《しらつゆ》駆逐艦などを充当せざるをえない。

そうなると、補給用のタンカーが雪だるま式に増えてゆき、山本が言うとおり、航空攻撃にはなんら寄与しない「大和」を出撃させるのは、どう考えても不合理なのであった。

「追加で出すのが空母ならもちろんタンカーの出し惜しみなどせぬが、それが『大和』というのはどうもな……。それとも小沢に指揮を任せるのは不安かね？」

あらためて山本にそう訊かれると、山口も「いいえ、そんなことはありませんが……」とこれを即座に否定した。

山口が否定するのは当然で、緒戦のハワイ奇襲作戦においても航空戦の指揮は第二艦隊長官の小沢治三郎中将が執っていた。が、山口の態度がなおも〝煮え切らない〟とみた山本は、それらしい理由をもうひとつひねり出した。

「きみも承知のとおり、わが海軍もようやく艦載レーダーの実用化にこぎつけた。それをまず、通信能力の高い『大和』に取り付けて、八月までにいろいろ試してみようではないか……」

口をすぼめながらも山口がうなずくや、山本がすかさず二の矢を継いだ。

「なにせ、わが海軍が対空（見張り用）レーダーを軍艦に取り付けるのはこれがはじめてのことだから、設置やその後の調整などに二、三ヵ月は掛かるかもしれん。八月の本作戦でレーダーを満足に使いこなすためにも、やはりここは『大和』を内地にとどめておいたほうがよい」

山本にそう諭《さと》されると、山口にも、巨大戦艦の出撃を正当化するほどの理由がもはや思い浮かばなかった。

――たしかに、わがほうはレーダー兵器で米軍に後れを取っている。八月までに万全を期しておく必要があるというのは、いかにもそのとおりだろう……。小沢さんのことだから必ずうまくやってくれるにちがいない！

そう肚《はら》を決めるや、ついに山口も、みずからの出撃を思いとどまった。

「わかりました。開戦時のように奇襲は望めません！　これ以上タンカーを増やすと、いざというときに機動部隊の進軍にも差し障りがあるでしょう。……『大和』は内地に留め置きます！」

山口がそう言い切ると、山本はもちろんこれにうなずいたのである。

# 第三章　ニミッツの報復策

## 1

一九四二年一月一八日・朝。パールハーバーにひっそりと浮かぶ潜水艦「グレイリング」の艦上で、チェスター・W・ニミッツ少将は太平洋艦隊司令長官の就任式を執りおこなった。

かれはその場で大将に昇格し、それまで駆逐艦部隊の指揮官を務めていたミロ・F・ドレーメル少将をみずからの参謀長に指名した。

それ以外の参謀はハズバンド・E・キンメル大将の幕僚をまるごと引き継いでいる。ニミッツはかれらが優秀であることを認めて、一人もクビにしなかった。

作戦参謀のチャールズ・H・マクモリス大佐をはじめ、航空参謀のアーサー・C・デヴィス大佐や、通信参謀のモーリス・E・カーツ中佐なども式に参列している。いや、それだけではない。パールハーバー空襲で右腕切断の重傷を負っていた情報参謀のエドウィン・T・レイトン大佐も、主治医の許可を得て、アイエア海軍病院から抜け出し、式に参列していた。

レイトンは大量の出血にもかかわらず奇跡的に助かり、右腕に義手を装着している。いまだ療養中でかなり痩せていたが、三月はじめには退院できそうだった。

就任式を終えて大将のバッジを着けると、ニミッツはとくにレイトンの傍へ歩み寄り、やさしく声を掛けた。

「きみのチカラがどうしても必要だ！　しっかり療養に努め、一日も早い復帰を心から望む」

レイトンは眼を潤ませて、長官の言葉に力強くうなずいた。

前日には空母「ヨークタウン」によって二機のPBYカタリナ飛行艇がカネオへ基地へ運ばれており、ニミッツは午後には早速そのうちの一機に乗って空からオアフ島を視察した。

——サンディエゴに閉じこもっていては、なにも始まらない！

そう考えたニミッツは飛行艇を手配し、みずからの眼で直接、オアフ島の被害状況を〝確かめてやろう！〟と決めた。

しかし、この決定はかなりの危険性をはらんでいた。日本軍がいつ二度目の攻撃を仕掛けて来ぬとも限らず、ニミッツは太平洋艦隊の本拠地をサンディエゴに置いたまま、他艦の護衛を受けずにほとんど単独でオアフ島へ乗り込んでいた。

むろん司令部幕僚を伴ってはいるが、現状では陸軍にハワイの防衛を丸投げしているような有り様で、味方の士気をこれ以上、低下させぬためにもニミッツはみずから〝ハワイ行き〟を決意したのであった。

ニミッツが飛行艇で視察に飛んだこの日（一月一八日）は晴天で、視界はほしいままだった。

空から一望すると、パールハーバーや各飛行場はいまだ惨憺《さんたん》たる様相を呈していた。重機などもことごとく破壊されており、復旧作業は遅々として進んでいない。

陸軍・工兵部隊の一ヵ月余りにおよぶ努力にもかかわらず、飛行機の残骸や瓦礫《がれき》の山をようやく撤去し終えたばかりだった。

ニミッツはそれらの状況を一々メモに取り、復旧に必要な物資や資材を、優先順位を付けながら丹念に記していった。

――なんといってもまずは飛行場だ。……それから港湾施設と補給施設。いや、工廠も可能なかぎり修復しておく必要がある！

ありとあらゆる建物が破壊されており、そこに何が在ったのか特定するのも困難なほどだ。飛行場やその周辺はいまだ穴だらけだし、潜水艦基地の奥に在《あ》った司令部も、破壊されたままの状態で放置されていた。

湾内で朽ちている戦艦や、その他艦艇の残骸もいまだ手付かずで、それらを排除しないことにはパールハーバーを再び艦隊根拠地として使えないのもあきらかだった。

工兵部隊は民間から重機などを借りてどうにか瓦礫を撤去したようだったが、本格的に復旧するには直接アメリカ本土から建設部隊を呼び寄せる必要がある。

それでも一通り復旧するには半年以上の歳月を要するにちがいなく、工廠なども完全に復旧するには一年以上掛かると思われた。

まったく気が遠くなりそうな難事だが、そう悠長なことは言っておられず、防衛の要《かなめ》となる飛行場のみは〝四月中に復旧させる！〟という方針をニミッツはまず打ち出した。

――司令部の復旧は後まわしだ！　とにかく飛行場を復旧しないことには、満足に戦闘機も配備できずハワイの防衛が成り立たない！

そのとおりだった。この三月には戦艦「サウスダコタ」が竣工するが、それら新型戦艦を湾内に浮かべれば、それで司令部の代用は利く。ニミッツは陸軍ともよく相談して、とりわけホイラー飛行場の復旧を急ぐことにした。

敵の空襲を防ぐには、なにより戦闘機の配備を最優先でおこなう必要があった。

ニミッツ直々《じきじき》の申告により、翌週から建設資材や重機などが続々と到着、二月中旬にはようやく復旧作業が軌道に乗り始めた。ニミッツはそのことをしっかり見届けてから、二月二〇日には再びサンディエゴへ司令部を移した。

ニミッツのオアフ島滞在は一ヵ月余りに及んでいたが、幸いにしてその間、日本軍は石油の獲得に躍起となっており、日本の艦隊がハワイ近海に現れるようなことはなかったのである。

## 2

じつは太平洋艦隊司令長官の後任人事はすぐに決まったわけではなかった。

一月一五日まではウィリアム・S・パイ中将が戦死したキンメル大将の代理を務めており、ニミッツは、そのままパイ中将が太平洋艦隊を率いるのがふさわしいと主張して、ウィリアム・F・ノックス海軍長官からの就任要請を二度にわたって固辞していた。

ところが、慎重なパイはサンディエゴから決して出ようとせず、オアフ島の復旧工事がほとんど進んでいなかった。ノックスは事態を重くみて三たび説得に乗り出し、ニミッツは三度目の要請を受けてついにうなずいたのだった。

ノックスが三度目に「大統領もそう望んでおられる」と明かすと、ニミッツももはやこれ以上は断れなかった。

ただし、ニミッツは就任に当たり、ひとつだけ条件を付けた。

「空母がまったく足りません！　そのほとんどを太平洋へ回していただきたい」

この一六時間ほど前には、空母「サラトガ」も敵潜水艦から雷撃を受けて修理に五ヵ月を要する損害をこうむっており、ニミッツの要求はなんら不当なものではなかった。

太平洋艦隊の指揮下に在る稼働空母は現在「エンタープライズ」「ヨークタウン」の二隻のみ。そこへ「ホーネット」が加えられることになっていたが、それでもまだ足りない。

「……『ワスプ』も、かね?」

ノックスがあらためてそう訊くと、ニミッツははっきりと言い切った。

「はい。『ワスプ』もです！　すくなくとも『サラトガ』の修理が完了するまでは、その必要がございます」

ノックスはしぶしぶうなずき、合衆国艦隊司令長官のアーネスト・J・キング大将と空母「ワスプ」の回航について話し合うと約束したが、この場での回答は避けた。

結局、キング大将がその必要性を認めて、「ワスプ」は四月はじめに太平洋へ回されて来ることになるが、問題はそれだけではなかった。

「じつは『ホーネット』だが、大統領は〝パールハーバー〟に対する報復として東京への空襲を望んでおられる。……その作戦に『ホーネット』を使おうというのだ」

　これはニミッツも初耳でにわかに驚いたが、ノックスが言うとおり「東京空襲」の計画はすでに進行しつつあり、空母「ホーネット」は習熟訓練の最終段階で、陸軍・B25爆撃機の発艦テストを実施しようとしていた。

「……す、すると『ホーネット』は、太平洋へ回航されて来るものの、自由には使えない、ということですか？」

　ニミッツが思わずそう反問すると、ノックスは口をすぼめてうなずいた。

「ああ。四月には東京を空襲しようというのだから、そういうことになる……」

　そしてノックスが、空母「ホーネット」にB25爆撃機が搭載される予定であることなど、計画の中身をさらに詳しく説明すると、ニミッツはいよいよ首をかしげざるをえなかった。


「し、しかし長官！　ミッドウェイを占領されている現状では、東京空襲など到底不可能なのではありませんか⁉　いや、不可能とまでは言いきれないかもしれませんが、『ホーネット』は十中八九ミッドウェイの敵機哨戒網に引っ掛かり、とても奇襲を望めません！」

　ニミッツの言うとおりだが、ノックスはかぶりを振ってこれに応じた。

「ああ、わたしもそう思うが、わが陸海軍の士気低下ははなはだしい。……近いうちになんとしても日本軍に一矢《いっし》報いる必要があり、大統領自身がそうお望みなのだ……」

　むろん大統領は現在もフランクリン・D・ルーズベルトが務めている。ノックスが説明したとおり〝東京空襲〟はルーズベルト自身が言い出していた。

「大統領のお気持ちは察しますが、……とても成功するとは思えません！」

するとノックスは、にわかに目をほそめてニミッツにヒントをあたえた。

「大統領たっての希望だから、きみも東京空襲を頭ごなしに否定はできないだろうが、きみの司令長官就任と引き換えに、当該作戦（東京空襲）の実施時期については〝わたしに一任していただきたい〟と、きみのほうから大統領に申し出てみてはどうかね？　……微力ながらわたしも、きみの肩を持つことにする」

なるほど、それなら〝可能性あり！〟ということで、ニミッツが直談判に及ぶと、さすがのルーズベルトも今回ばかりはニミッツにゆずった。

「それでよいが、とにかく士気高揚を図るためにも、目にみえる戦果を挙げてもらいたい」

むろんニミッツはこれにうなずき、翌日には潜水艦「グレイリング」に乗ってパールハーバーへ赴いたのだった。

3

司令長官就任後、ニミッツは大統領との約束を果たすために、可能なかぎりの努力を惜しまなかった。就任早々にみずからオアフ島へ乗り込んだのもそうだが、二月終わりには空母「エンタープライズ」と「ヨークタウン」に出撃を命じて、日本軍の支配するミッドウェイ島に対し威力偵察を仕掛けた。

まずは、日本軍がミッドウェイ基地にどの程度の航空兵力を配備しているのか、あたりを付けてやろうというのであった。

ウィリアム・F・ハルゼー中将の率いる「エンタープライズ」と「ヨークタウン」は、二月二七日にサンフランシスコから出撃、周知のとおり三月七日（日本時間では八日）にミッドウェイ島を空襲して、日本軍の水上機母艦「千歳」を中破するという戦果を挙げた。

威力偵察が目的のため、両空母は午前中の攻撃だけでミッドウェイ近海から引き揚げたが、このヒット・エンド・ラン攻撃によってニミッツ司令部は貴重ないくつかの情報を得ていた。

日本軍はミッドウェイ基地に戦闘機と飛行艇を重点的に配備しており、二隻の味方空母はさしたる反撃を受けなかった。その反面、敵基地上空の空中戦ではゼロ戦からかなりの反撃を喰らい、両空母は合わせて四〇機ちかくの艦載機を消耗していた。

実際にはこの時点でミッドウェイ基地には零戦三六機、艦爆九機、艦攻一二機の計五七機が配備されており、日本側は零戦一八機、艦爆六機、艦攻九機の計三三機を失いながらもワイルドキャット一五機、ドーントレス九機、デヴァステイター一五機の計三九機を撃墜していた。

また、それとは別にサンド島の泊地には九七式飛行艇一二機と二式飛行艇二機が配備されていたが、こちらは米艦隊上空で九七式飛行艇一機が失われたものの、残る一三機の飛行艇は索敵に出ており撃墜をまぬがれていた。

空襲を受ける前日には、それら飛行艇のうちの一機が米空母「エンタープライズ」と「ヨークタウン」を発見しており、ミッドウェイ基地は充分な迎撃態勢をととのえて三月八日（日本時間）の夜明けを迎えていた。

しかし南方作戦はいまだ完全には終了しておらず、ミッドウェイ基地には基地航空隊の主力となる陸攻がこの時点では一機も配備されていなかった。それでもミッドウェイ航空隊は数少ない艦爆や艦攻をすべてはたいて米空母への反撃を試みたが、敵艦隊上空を護る多数のワイルドキャットに進入を阻止されて、なんら戦果を挙げることができなかった。

これに対してニミッツ司令部は、日本軍飛行艇がミッドウェイから〝六〇〇海里に及ぶ索敵網を展開している〟という事実を突き止めた。

そしてこの事実に従えば、「ホーネット」以下の東京空襲部隊はサンフランシスコから出撃後、北緯四〇度線に沿って西進してゆけば、ミッドウェイの哨戒網に引っ掛からずに、日本近海まで軍を進められると判明したのである。

無事に任務を成し遂げた空母「エンタープライズ」と「ヨークタウン」は、三月一五日・夕刻にサンディエゴへ帰投して来た。

その日のうちにミッドウェイ島に関する敵情報告を受けたニミッツは、ハルゼーの説明を聞いてすっかり確信するにいたった。

――東京空襲は決して不可能ではない！

大統領たっての要請に応えるため、ニミッツは翌日には早速、東京空襲の作戦準備を下令。それを後押しするようにしてサンフランシスコのアラメダ海軍基地から〝「ホーネット」が予定どおり入港して来た！〟との知らせを受けた。それは三月二〇日のことだった。

次いで三月二七日には、陸軍のB25爆撃機もアラメダ基地に到着し、これでいよいよ東京空襲のお膳立てがととのった。

それに合わせてハルゼー中将の空母「エンタープライズ」などもサンフランシスコ湾へ移動しており、三月三一日、四月一日の両日で空母「ホーネット」は固有艦載機を格納庫へ収納、ヨークタウン級空母では最も広い飛行甲板上にB25爆撃機一六機の搭載を完了した。

ところが、いよいよ明日は出撃という四月一日の午後一時過ぎ（日本時間では四月二日・午前六時過ぎ）になって、情報参謀のレイトン大佐が大急ぎでニミッツの部屋へ駆け込み、報告したのである。

「長官、大変です！　日本の主力空母艦隊に不穏な動きがございます！」

レイトンはすっかり傷が癒《い》えて、右上腕に義手を装着しているものの、三月三日から平常どおり太平洋艦隊司令部に勤務していた。

二度目のハワイ空襲作戦を四週間ほど早めると決めた日本海軍は、この日（四月二日）付けで兵力部署の変更をおこなう予定であり、レイトンはその兆候を決して見逃さなかったのだ。

「な、なんだ！　不穏な動きというのは⁉」

ニミッツは舌打ちしながらそう応じたが、レイトンはいっこうにかまわずいきなり問題の核心に触れた。

「日本軍空母艦隊がもう一度、ハワイを空襲して来るかもしれません！」

これを聞いた瞬間、さしものニミッツも驚きの声を上げ、直後に絶句した。

「な、なんだとっ……⁉」

無理もない。明日には東京空襲作戦を発令しようとしているのに、すっかり水を差されたような恰好でニミッツも動揺を隠せない。

まったく寝耳に水の報告だが、レイトンの進言が本当に正しいとすれば、これは決して無視することのできない、由々《ゆゆ》しき事態であるのにちがいなかった。

日本軍がポートモレスビーの攻略をもくろんでいる、ということは、レイトンからすでに報告を受けてニミッツも承知していた。南太平洋へ空母を差し向けたいのは山々だが、サンディエゴからオーストラリアまではあまりに距離が遠く、さしものニミッツも空母の派遣を断念していた。

——遠く南太平洋へ空母を手放せば、それこそハワイを突かれたときに取り返しの付かないことになる！

ミッドウェイ島を占領されている現状では、ハワイを突かれる可能性が充分にあり、ニミッツも空母を手放すことは到底できなかった。

空母を西海岸に温存しておいたのはやはり正解だったが、最も恐れていた事態が今、レイトンによって報告された。

ニミッツはとっさに思った。

——いまオアフ島を攻撃されるわけには、断じていかない！

これまでとは一転、復旧作業はいたって順調に進みつつあった。ニミッツがオアフ島から引き揚げて以来およそ一ヵ月半が経過しており、とくにホイラー飛行場はほぼ復旧の目処が立ち、第一陣となる陸軍戦闘機二四機をつい五日ほど前に送り届けたばかりだった。

同時に双発の陸軍爆撃機八機も護衛空母「ロングアイランド」で搬送しており、今後も「ロングアイランド」で陸軍機をピストン輸送することになっていた。

おそらく四月中旬までにもう一往復できるはずであり、そのころにはヒッカム飛行場の復旧もひと通り進んで、オアフ島配備の陸軍機は六〇機を超えることになる。しかし、戦闘機はそのうちの五〇機足らずで、日本の主力空母が大挙して押し寄せると、その空襲を防ぎ切るのは到底不可能にちがいなかった。

だとすれば、せっかく復旧した飛行場をまたもや無力化されることになる。来襲した敵空母の多くを撃破しないことには敵の空襲は二度、三度と続き、苦労して運び込んだ重機なども粉砕されてこれまでの復旧作業は水泡に帰すだろう。そうなればもう一度、一からやり直す必要がある。

――いかん！　二度目のハワイ空襲はなんとしても阻止する必要がある！　飛行場に指一本触れさせてはならない！

そう決意するや、ニミッツはただちに全幕僚を招集した。

そして、午後二時までに全員が集まり、みながそろったところで、ニミッツはあらためてレイトンに問いただした。

「日本軍空母艦隊がハワイに来襲するというのは本当かね？」

「はい！　暗号解読班の解析によりますと、その可能性〝大〟です」

レイトンは即答したが、ニミッツはこれでは満足しなかった。

「きみは、可能性〝大〟と言うが、確率でいうと何パーセントかね⁉」

すると、レイトンも、今度はすこし考えてから答えた。

「……現状では五〇パーセントです」

「なにっ！　それじゃ、ほとんど推測の域を出ておらんではないかっ！」

　ニミッツがめずらしく声を荒げると、レイトンはぐっとこらえてこれに応じた。

「確率で何パーセントとお答えするのは非常に困難です。ですが、その兆候があることは確かですから、取り急ぎ報告した次第です」

　ニミッツがこれにちいさくうなずくと、レイトンはさらに口をつないだ。

「敵方になにか新たな動きがあれば、一両日中にもっと具体的な報告をおこなえるでしょう。そう長くは掛かりません！」

　レイトンがそう言い切ると、ニミッツはこれにいよいようなずき、今度はマクモリスの方を見てつぶやいた。

「問題は、東京空襲だ……」

　マクモリスは即座にうなずいて返した。

「レイトンの報告が正しいとすれば、東京空襲はただちに中止すべきです。大統領は一日も早い作戦の実施をお望みでしょうが、具体的な実施時期については、われわれの裁量で決定してよいはずです。……一日や二日、いや、作戦実施が一週間ほど後れても、とくに問題はないでしょう」

　マクモリスの言うとおりだった。

　作戦部隊を一度出撃させてしまえば、呼びもどすのが大変で、いざ、敵が〝ハワイに来る！〟と判明したときに混乱をまねきかねない。

　レイトンが〝そう長くは掛かりません〟と断言したのだから、ここは新たな情報が入るのをじっくり待つべきだった。

　ニミッツが周囲に眼を配ると、全員がマクモリスの意見にうなずいている。

「よし、わかった。作戦部隊の出撃をとりあえず三日ほど延期することにする！　アラメダ基地にそう伝えてくれたまえ」

ニミッツが断を下すと、通信参謀のカーツ中佐が早速受話器を取り、アラメダ基地にそのむねを伝えたのである。

4

レイトンが新たな情報を入手してニミッツに報告したのは四月三日・午後四時前のこと。日本ではすでに四日の朝を迎えていた。

「長官！　日本本土で出撃準備を進めている敵空母は六隻です！」

「加賀」以下の三空母がサンゴ海をめざしていることはニミッツもすでに承知していた。

よって、レイトンが言う〝六隻〟とはそれ以外の敵空母ということになる。

そのことをふまえてニミッツが訊き返した。

「艦名までわかるかね？」

するとレイトンは大きくうなずき、メモを見ながら確実に答えた。

「本来オザワが乗る『魁鷹』はなんらかの損傷を負っており現在修理中です。代わって『龍驤』が作戦部隊に加えられ、日本本土で出撃準備を急いでいるのは同艦と『翔鶴、瑞鶴、赤城、飛龍、蒼龍』の五隻で、まちがいありません！」

「ならば訊くが、オザワの座乗艦は、そのうちのどれだ？」

「それは『翔鶴』です！」

レイトンはそう明言したが、ニミッツはなおも質問をやめない。

「それら出撃準備中の敵空母六隻が、なぜハワイを目的地にしている、とわかった？」

するとレイトンはにわかに目をほそめ、ゆっくり説明し始めた。

「これら空母六隻には八隻のタンカーが随伴して出撃することになっております。敵はタンカーの手配に躍起となっており、そのことは、まちがいございません」

「ほう、タンカーが八隻か……、それで？」

「敵の攻撃目標がフィジーやサモアなら六空母は一旦トラックへ進出しているはずですが、六隻とも日本本土からじかに出撃してゆきます。……また、敵の攻撃目標がオーストラリアの主要都市などの場合でも、敵空母六隻は一旦トラックで給油してから出撃するはず。ですから六空母がめざすのは南太平洋方面ではありません」

なるほど、レイトンの言うとおりだった。

敵空母六隻が南太平洋方面を目的地としているなら、必ずトラックへ一旦、立ち寄って重油を補給し、それからあらためて出撃してゆくのにちがいなかった。

そのことは疑いようもなく、ニミッツが無言でうなずいてみせると、それを見てレイトンがいよいよ力説した。

「八隻ものタンカーを引き連れて日本軍空母艦隊がめざす、わがほうの基地とは、いったいどこでしょう？　それはアラスカか、もしくはハワイしか考えられません！」

「うむ……なるほど。ほとんど戦略価値の無いアラスカを六隻もの空母で攻撃するほど、日本軍もバカじゃなかろう」

「はい。重油の浪費でしかありません」

そう応じると、レイトンはさらに続けた。

「また、パナマやアメリカ本土を攻撃するにしてはタンカーの数が少なすぎますし、ハワイを放置したまま敵がそうした大遠征をやるのは常識的に考えても不可能です」

「……うむ。だとしたらハワイしかない」

長官みずからの口から〝ハワイ〟という結論の言葉を聞けたので、レイトンは大いに胸を張ってうなずいた。

「そうです。ハワイです！」

そうと決まれば、東京空襲作戦を一旦、白紙撤回し、ハワイ近海で味方空母を集結、迎撃準備を急がねばならない。

ニミッツはただちにアラメダ基地と連絡を取り作戦の中止を命じたが、二日後（四月五日）にはレイトンがさらに詳細な報告をおこなった。

「空母六隻を基幹とする敵空母艦隊は日本時間の四月八日に日本本土から出撃し、ハワイ時間の四月一九日・早朝を期してオアフ島を空襲して来ると思われます！」

これを聞いてニミッツは注意深くうなずき、ひとつだけレイトンに確認した。

「日本軍空母艦隊は〝どの方角〟からオアフ島へ近づいて来る⁉」

「敵は〝西北西〟すなわちミッドウェイ方面から進軍して来ます！」

ニミッツはこれに大きくうなずくや、再び全幕僚の招集を命じて「明日の朝一〇時に作戦会議を開く！」と宣言したのである。

その会議には空母部隊指揮官のハルゼー中将やフランク・J・フレッチャー少将なども参加することになっていた。

5

ニミッツが作戦会議の招集を命じた四月六日の朝。サンディエゴの海軍基地はひときわ賑やかな歓声につつまれていた。

朝日に輝く艦首からまっすぐに伸びた飛行甲板を突き出し、空母「ワスプ」が今、ゆったりとした速度で湾内へ進入して来る。

ヨークタウン級の三空母より艦体はひとまわり小さいが、空母「ワスプ」は近代的な装備を持つ一線級の航空母艦にちがいなく、待ち焦がれていた同艦の到着に、みなが羨望のまなざしで迎えるのは当然のことだった。

艦上では「ワスプ」の乗組員らがそろって手を振り、みなの歓声に応えている。

湾の奥深くまで進入して来た「ワスプ」はやがて、第二埠頭へしっかりと接岸したが、そのすぐ北に在る第一埠頭にはすでに「ヨークタウン」が碇泊しており、二隻の一線級空母が堂々と居並ぶその光景は、海軍将兵の士気を否が応でも高めることとなった。

〝ワスプ到着！〟の知らせを聞くや、ニミッツは力強く〝よし！〟とうなずき、作戦会議の冒頭でみなにまず、そのことを告げた。

「つい今しがた、『ワスプ』がここサンディエゴに入港して来た。『サラトガ』の戦線離脱はいかにも痛いが、これで使える空母は四隻だ！」

これを聞くや、レイトンが真っ先に手を叩いてよろこび、マクモリスも負けじと膝を打ちながら声を上げた。

「それは心強い！」

すでにレイトンから説明を受けて、全員が〝敵空母は六隻だ！〟と承知しており、味方空母が三隻では苦しいが、四対六なら〝なんとかなるかもしれない！〟と直感した。

そして、全員の眼に希望が宿るや、ニミッツは胸を張り、敢然と言い渡した。

「東京空襲を中止して、日本軍空母艦隊に決戦を挑む！　敵空母六隻はオアフ島をめざし進軍して来るが、わが空母四隻は〝いつ、どこで〟これを迎え撃つべきか、みなの意見を訊きたい」

ニミッツの問いに真っ先に応じたのは空母「ヨークタウン」「ワスプ」を率いて出撃するフレッチャー少将だった。

「ミッドウェイを押さえられている現状では、敵をできるだけオアフ島へ引き付けてから、戦いを挑むべきでしょう」

「……やはり、そう思うかね」

ニミッツは一旦うなずいたが、すぐに口をすぼめてそうつぶやいた。

すると、これを不審に思ったハルゼーが、俄然《がぜん》横やりを入れた。

「わたしもジャック（フレッチャーのあだ名）の意見に賛成ですが、どうにも腑《ふ》に落ちないことが一点だけある。……東京空襲は中止すると言ったはずだが、空母『ホーネット』の艦上にはいまだB25が載せられたままとなっている。これは単なる降ろし忘れか、それともなにか意図があってのことか。それについての司令部の見解を、まずは聴こうではないか……」

たしかにそのとおりで、「ホーネット」の艦上では一六機のB25爆撃機が依然、載せられたままの状態となっていた。

東京空襲を中止するなら、場違いなほど大きなB25は邪魔になるだけで、ハルゼーは当然それら一六機を降ろそうと考えたが、じつは、とりあえず〝そのままにせよ！〟と指図して、ニミッツが待ったを掛けていたのだった。

ハルゼーが確認をもとめるのは当然で、かれは司令部の見解をまずただそうとしたが、ニミッツはそれに正面から答えようとせず、にわかに目をほそめて、逆にハルゼーに対して驚くべき質問を投げ掛けた。

「いや決して降ろし忘れじゃなく、きみの言い分はもっともだが、方針を決めるその前に、空母戦を最もよく知るきみだからこそ、ぜひとも訊いておきたいことがひとつある。……B25の攻撃目標を〝東京〟から〝ミッドウェイ〟に変更するのは不可能だろうか？」

「……はあ？　なんです、とっ⁉」

ハルゼーはすぐには質問の意図がわからず、思わず訊き返した。

やむをえずニミッツが繰り返す。

「今、言ったとおりだが、『ホーネット』搭載のB25爆撃機でミッドウェイを空襲したいと思う。できるかね？」

「……そりゃ、東京を空襲するより、そのほうがよほど容易いでしょうが、なぜ、そんな必要がありますか？」

今度はハルゼーも答えたが、いまだ腑に落ちずそう訊き返した。

「B25で奇襲を仕掛けてミッドウェイの敵航空兵力をまず無力化しておく。そうすればミッドウェイ近海で日本軍空母艦隊を迎え撃ち、空母決戦を挑むことができるだろう」

ニミッツは即答したが、それでもまだハルゼーは腑に落ちない。

「ははあ……、しかしハワイ近海で迎撃したほうが確実じゃないですか？」

するとと、ニミッツはいよいよ本音を明かした。

「いや、オアフ島の味方航空兵力はいまだ五〇機にも満たない。敵艦載機の空襲を防ぐのはよほど困難だし、ろくに反撃もできない。しかも各飛行場の復旧目途がようやく付いたばかりで、そこへ再度、空襲を受けると、復旧作業がすっかり振り出しにもどってしまう。だから今回ばかりはオアフ島を盾《たて》とするわけにいかず、飛行場には一指も触れさせたくないのだ」

「……お気持ちはわかります。ですが、B25の攻撃ではたして本当にミッドウェイの敵航空兵力を無力化できますか？　万一奇襲に失敗すれば、わが空母四隻は、日本軍空母艦隊と敵基地航空隊の両方を相手にすることになります」

そう言って首をかしげたのは、ハルゼーではなく、フレッチャーのほうだった。

するとそこへ、ハルゼー腹心の参謀長であるマイルズ・R・ブローニング大佐がにわかに割って入った。

「B25による奇襲はおそらくかなりの確率で成功するでしょう。ミッドウェイの敵航空隊が実施している索敵パターンはすでに読めております。その索敵網を掻いくぐれる、という自信はありますので、お任せいただきたい！」

根っからの航空屋であるブローニングはニミッツ案にかなり乗り気だった。

なぜなら、現状ではオアフ島の味方航空兵力はまったく当てにできない。

敵に攻撃を仕掛けるには四空母は自力で索敵をおこない、日本軍空母艦隊の正確な位置をつかむ必要がある。

それに敵指揮官は、ハワイ近海にアメリカ軍の空母が出現することは予想しているだろうが、そのはるか手前のミッドウェイ近海でアメリカ軍の空母が〝待ち伏せしている〟とは、まさか思いもせず、味方四空母はその裏を掻けるにちがいないからであった。

Ｂ25による奇襲が成功すれば、それが〝どこから来襲したのかっ⁉〟と意表を突かれて、日本軍空母艦隊はアメリカ軍の空母を捜しまわることになる。ミッドウェイはおよそ絶海の孤島で周囲に米軍基地など存在しない。アメリカ軍空母の影を無視できず、敵はハワイへの進軍を中止して、まずはその影を追い求めるに決まっていた。

空母「エンタープライズ」に乗っていたブローニングは、いうまでもなく、一度ミッドウェイを空襲している。そのブローニングが、Ｂ25による奇襲は〝成功させる自信がある！〟と明言したのだから、フレッチャーもそれを信用せざるをえなかった。

けれども、いまひとつ疑問が残る。フレッチャーはそれを確かめた。

「しかしミッドウェイを空襲したＢ25は、どこへ帰投させますか？」

「そりゃ、オアフ島の飛行場だ！」

今度はニミッツが当然と言わぬばかりに即答したが、フレッチャーはなおも不安をぬぐい去れず確認をもとめた。

「そりゃ、そうでしょうが、Ｂ25はオアフ島までたどり着けますか？」

すると、この疑問にはまたしてもブローニングが答えた。

「東京空襲では、Ｂ25の飛行距離を一八〇〇海里と計算し、作戦が計画されていました。同機には航続距離延伸の改造がすでになされており、ミッドウェイ空襲後にオアフ島へ帰投するのは計算上充分に可能です」

これを聞いてようやく納得し、フレッチャーもニミッツ案に同意した。

「わかりました。たしかに、オアフ島の復旧作業をこれ以上、妨害されたくはない……。Ｂ25の奇襲〝成功〟に賭け、ミッドウェイ近海で敵空母を迎え撃ちましょう」

同じくハルゼーもうなずいたのを見て、ニミッツが目配せすると、レイトンがあらためて具体的な迎撃策を説明し始めた。

「暗号解読班の入手した情報を慎重に解析しましたところ、日本軍空母艦隊はミッドウェイ現地時間の四月一六日・午前二時半ごろに日付変更線を超えて西半球へ入り、それからおよそ一二時間後の一六日・午後二時過ぎにミッドウェイの北方洋上を通過すると思われます。……問題は、敵艦隊がミッドウェイを通過する直前の一六日・早朝にＢ25で奇襲を仕掛けるか、それともミッドウェイを通過した直後の一七日・早朝に奇襲を仕掛けるか、ということです」

「一七日・早朝の時点で、敵艦隊はどの辺りまで前進しておりますか？」

ブローニングがすかさずそう訊くと、レイトンは即答した。

「すでにミッドウェイの東南東・約二九〇海里の洋上まで行き過ぎております」

「それじゃすこし遠いな……。では、一六日・早朝の時点だと、日本軍空母艦隊はどの辺りにおりますか？」

矢継ぎ早にブローニングがそう訊くと、レイトンはこれにも即答した。

「いまだ同島北方を通過しておらず、敵はミッドウェイの西北西・約一〇〇海里の洋上に位置していると思われます」

この答えに大きくうなずくや、ブローニングがだれよりも先に宣言した。

「ならばB25による空襲は一六日・午前七時ごろに実施すべきです！　そして、わが四空母はミッドウェイの北北東・約二〇〇海里の洋上まで軍を進めておき、そこから敵方へ一気に近づいて決着を図るべきです！　味方艦載機の足の短さをおぎなうにはそれしかありません！」

ほかに言葉を発する者はなく全員がうなずいている。ニミッツはブローニング案にうなずきながら、作戦図の前へ一歩進み出て言った。

「その前日（四月一五日）には、わが空母四隻をミッドウェイの北北東海域へ進出させておく必要がある。……むろん敵機の索敵圏外であることが第一条件だ」

すると、この指摘にもブローニングが真っ先に応じた。

ブローニングはニミッツの横へ進み出て、するどい眼差《まなざ》しで地図上の一点を指し示す。

「わたしは、ミッドウェイの北北東六五〇海里の洋上が最適だと思います！　ここならわが艦隊の行動を完全に秘匿できます」

これに航空参謀のデヴィス中佐が同意して、ニミッツも同じくうなずいてみせた。

「よし！　ならばここを待機位置A点とする。……第一六任務部隊と第一七任務部隊は（ミッドウェイ現地時間で）四月一五日・正午までにA点へ進出せよ！」

これでアメリカ太平洋艦隊の迎撃方針は決まった。合衆国の未来を左右する一大空母決戦だ。みなが闘志を奮い立たせていたが、もはや残された時間はあまりなかった。

ハルゼー中将の第一六任務部隊は明日（四月七日）の午後にはアラメダ基地から出撃する必要があり、フレッチャー少将の第一七任務部隊は、それよりひと足早く、明日の午前中にはサンディエゴから出撃してゆく必要があった。

それを見越してニミッツ大将はすでに空母「ワスプ」に重油の補給を急がせていた。

第一六任務部隊　指揮官　ハルゼー中将
・空母「エンタープライズ」　搭載機七八機
（戦闘機二八、爆撃機三六、雷撃機一四）
・空母「ホーネット」　搭載機六〇機
（戦闘機二八、爆撃機一八、雷撃機一四）
※飛行甲板上にB25一六機を露天繋止《けいし》
・第六巡洋艦群　R・A・スプルーアンス少将
重巡「ニューオリンズ」「ミネアポリス」
重巡「ヴィンセンス」「ノーザンプトン」
重巡「ペンサコラ」
・警戒駆逐艦群／駆逐艦九隻
第一七任務部隊　指揮官　フレッチャー少将
・空母「ヨークタウン」　搭載機七八機
（戦闘機二八、爆撃機三六、雷撃機一四）
・空母「ワスプ」　搭載機六八機
（戦闘機二四、爆撃機三二、雷撃機一二）

・第四巡洋艦群　T・C・キンケイド少将
　重巡「アストリア」「ポートランド」
　重巡「インディアナポリス」「シカゴ」
　軽巡「アトランタ」
・警戒駆逐艦群／駆逐艦八隻

　空母四隻の搭載する航空兵力は、F4Fワイルドキャット戦闘機一〇八機、SBDドーントレス急降下爆撃機一二二機、TBDデヴァステイター雷撃機五四機の計二八四機。

　これは日本軍空母六隻が搭載する艦載機数より五二機ほど少なかったが、周知のとおり空母「ホーネット」は飛行甲板上に一六機のB25爆撃機を露天繋止しており、それらもふくめると、アメリカ軍四空母の搭載する航空兵力はちょうど三〇〇機に達していた。


　ただし空母「ホーネット」は、固有艦載機のすべてを格納庫に収めることはできず、運用上の利便性を考慮して、今回は六〇機の搭載で我慢することにした。

　四隻の空母はいずれもすでに優秀な対空見張り用レーダーを装備している。新型のTBFアヴェンジャー雷撃機は残念ながらもうすこしのところで間に合わず、四空母が搭載する雷撃機はいまだTBDデヴァステイターだった。

　すでに旧式化しつつあるデヴァステイター雷撃機は攻撃半径が一七五海里程度と優れず、航続力がいかにも物足りないが、ドーントレス爆撃機は破壊力の大きい一〇〇〇ポンド（約四五四キログラム）爆弾を搭載できるし、空母四隻の装備する優秀なレーダーが、その弱点を補ってくれるのにちがいなかった。

そして六日・午後（豪北方面では七日・朝）には日本の艦載機がタウンズビルやクックタウンを空襲。これでニミッツはいよいよ確信した。

——暗号解読班のもたらす情報はこれまですべて的中している！　日本軍の空母六隻は必ずハワイをめざして進軍して来るにちがいない！

そう断定したニミッツ大将はこの日のうちに迎撃作戦の発動を命じ、ハルゼー中将の第一六任務部隊とフレッチャー少将の第一七任務部隊は、翌四月七日に相次いでサンディエゴ湾とサンフランシスコ湾から出撃して行ったのである。

日本の空母六隻を率いる小沢治三郎中将は、米空母三隻の出現をきっちり予想していたが、それが四隻だとはまったく考えていなかった。

# 第四章　ミッドウェイ海戦

## 1

ミッドウェイ現地時間で四月一五日・午前一一時四〇分——。アメリカ海軍の四空母は予定どおりA点に到達し、重油の補給を完了した。

合同後、第一六、第一七任務部隊は周辺洋上をしばらく遊弋《ゆうよく》しながら隊形を整え、正午過ぎにはミッドウェイへ向けての進軍を開始した。

進軍速度は二〇ノット。針路は南南西だ。

やがて午後一時にミッドウェイ島の北北東およそ六三〇海里の洋上へ達すると、ハルゼー中将の命令一下、両任務部隊は進軍速度を二二ノットに上げた。

ミッドウェイの敵飛行艇部隊は一段索敵しか実施しておらず、その索敵パターンに変更がなければ、「エンタープライズ」以下の四空母が日没までに発見されることはない。

日本軍が索敵計画を変更している可能性はもちろんあるが、二段索敵を実施するには大量の飛行艇が必要で、ミッドウェイの日本軍にそれほどの危機意識があるとは思えなかった。

——敵は、前回（三月六日）と同様のパターンで索敵を実施しているはずだ！

そう考えて、四空母の進軍計画を立案したのはブローニングだった。

はたして、ブローニングの予想はまんまと的中し、両任務部隊はなにものにも発見されることなく、ミッドウェイ島の北北東およそ五二〇海里の洋上まで前進した。

時刻は午後六時になろうとしている。

太陽はもはやすっかり傾き、西の空は夕焼けで真っ赤に染まっている。

日没時刻は午後六時二六分。よって午後七時ごろまでは薄暮が続くが、日本軍の飛行艇が上空に現れるような気配はまったくなかった。

今、艦隊上空では、六機のワイルドキャットが近接哨戒に当たっているが、どの機からも異変を知らせるような報告は入りそうもない。レーダーにもまったく反応はなかった。

時計の針が午後六時を指すと、ブローニングが意を決して進言した。

「もはや敵飛行艇が現れるようなことはありません！　予定どおり速度を上げましょう」

ハルゼー中将はこれにうなずくや、まずワイルドキャットの収容を命じ、続いて部隊の進軍速度を二四ノットに上げた。

フレッチャー少将の座乗艦・空母「ヨークタウン」もこれにしっかり付いて来る。いや、空母「ワスプ」をふくむ第一七任務部隊の一五隻は、進軍速度を一気に二六ノットまで引き上げてハルゼー部隊より先行しつつあった。

飛行甲板上に所狭しとB25を並べている「ホーネット」を二六ノットで航行させるのはあまりにも危険でそれはできないが、フレッチャー部隊は空母同士の戦いに専念できる。ここからはそれぞれ別個に行動し、先行する二空母の艦載機でいちはやく敵空母を見つけ出そうというのだ。

空母「エンタープライズ」からの信号に応じてフレッチャー少将が増速を命じるや、軽巡「アトランタ」を先頭にして駆逐艦四隻が続き、その後方へ空母「ヨークタウン」「ワスプ」や重巡四隻などが一本棒となって連なり、フレッチャー部隊はいきおい二六ノットで疾走し始めた。

夜間のため輪形陣を維持するのは困難で、フレッチャー少将麾下《きか》の一五隻は、速度を上げながら陣形を単縦陣に改めたのだ。

一年を通じて北回帰線から赤道付近にかけては北東貿易風が吹いているが、大気の循環によって日付変更線以東の北太平洋では一貫して南西から風が吹いていた。

この日もそうだった。ミッドウェイ島をめざす米空母四隻は風上（南西）へ向けて疾走しているため、重油をかなり消費する。

しかしその反面、ミッドウェイ島へ向けて攻撃機を発進させるときには、米空母四隻はほとんど針路を変える必要がなかった。

ハルゼー部隊の一六隻もすでに一本棒となって航行しており、時刻は刻一刻と過ぎてゆく。

疾走開始から約六時間後に日付が変わり、四月一六日の午前零時を迎えた時点でフレッチャー部隊はミッドウェイ島の北北東およそ三六五海里の洋上まで前進していた。

その後方およそ一二海里には、ハルゼー部隊もきっちりと続いている。

日付が変わるころから、次第に波が高くなり始めたが、落伍するような艦は一隻もない。

時折りしぶきが噴き上がり、飛行甲板をぬらすが、とりわけ「ホーネット」艦上では整備員らがB25爆撃機をしっかりと繋ぎ止めていた。

そして、いよいよその時が来た。

日の出時刻は午前五時三四分だが、時計の針が午前五時ちょうどを指すと、ブローニングが満を持して進言した。

「時間です！」

周囲はまだ暗いが、Ｂ25はすでに全機がエンジンを始動しており、ハルゼー中将は〝よし！〟とうなずくや、「ホーネット」にミッドウェイ空襲隊の発進を命じた。

疾走開始から約一一時間が経過。一六日・午前五時を迎えたこの時点で、ハルゼー部隊はミッドウェイ島の北北東およそ二五五海里の洋上へ達しており、先行するフレッチャー部隊はすでに、同島の北北東およそ二三五海里の洋上まで前進していた。

四空母はなおもその行動を秘匿し続けている。

ここまではまさにブローニングの計画どおりだが、Ｂ25爆撃機にとってミッドウェイ島まで〝わずか二五五海里〟という攻撃距離は物足りないほどで、オアフ島までの帰投距離（およそ一一五〇海里）を足し算しても飛行距離は一四〇〇海里をすこし超える程度でしかない。

周知のとおり東京空襲作戦では一八〇〇海里の飛行距離を想定していたので、四〇〇海里ちかくもの余裕がある。そこで思い切ってＢ25の爆弾搭載量を増やすことにした。

東京空襲作戦では五〇〇ポンド爆弾四発ずつを搭載してゆくことになっていたが、急遽、重量級の一〇〇〇ポンド爆弾一発を追加して、一六機のＢ25はその全機が一〇〇〇ポンド徹甲爆弾一発と五〇〇ポンド焼夷弾四発の計五発ずつを搭載してゆくことになった。

旗艦「エンタープライズ」からの信号を受けてホーネット艦長のマーク・A・ミッチャー大佐がすかさず発進を命じると、一六機の先頭で待機していたドーリットル中佐機が、エンジンを全開に噴かしていよいよ発進を開始した。

するると、同機が動きだすのをまるで待っていたかのようにして、空全体が薄っすらと白み始めてきた。

――よし！　ドンピシャだ！

心のなかでそう叫ぶや、ジェイムズ・H・ドーリットル中佐は操縦桿をぐいっと引き、「ホーネット」の飛行甲板をいっぱいに使って見事、愛機を上昇させた。

――発艦成功だ！

母艦「ホーネット」の速度はもはや三〇ノットちかくに達していた。

すさまじい向かい風のなか、二番機、三番機もフラップをめいっぱい下げて、果敢に飛び立ってゆく。

訓練はみな充分だが、動揺を突いての発艦になるため慎重を期す必要がある。四番機以降も一分以上の間隔をたもって飛び立つこととなり、結局全一六機が発進を終えるのに、たっぷり二〇分を要した。

時刻はもう午前五時二〇分になろうとしていたが、一機たりとも発艦をしくじることなく、たった今、一六番機が無事に飛び立った。

並走する「エンタープライズ」から、飛び立つ一六番機を眼で追い、さしものハルゼー中将もほっと胸をなでおろす。ブローニングは拳を握りしめ、膝を叩いた。

「よし、成功だ！　よくやった！」

空はめっきり明るみ、「ホーネット」はまず戦闘機を飛行甲板へ上げ、続いて格納庫の天井に吊り下げていた雷撃機などを一機ずつゆっくり降ろし始めた。

ひときわ困難が予想された陸軍爆撃機の発進を無事に終えて、ここは部隊の速度を一旦〝下げるだろう〟とブローニングはみていた。

ところが、ハルゼー中将は気合いたっぷりの表情で、驚くべき命令を発した。

「このまま速力を三〇ノットとし、ミッドウェイへ向けて急行せよ！」

これを聞いて、ブローニングは思わずうれしくなった。

──さすがはボス！　フレッチャー部隊へ一気に追い付こうというのだな……。

そのとおりだった。

先行する二空母だけでは、空母六隻を擁する日本軍艦隊に対して、到底、勝ち目がない。ここは危険を承知の上で合同を急ぐべきだった。

日の出まであと一〇分ほどあるが、空はかなり明るく視界も開けている。

このまま単縦陣を維持すれば、三〇ノットでの航行は不可能ではなく、むしろ危険を冒してでも早急に合同すべきだった。

「それゆけ！　勝負どころだ！」

ブローニングが続けざまに発破をかけると、参謀もみなうなずいて、第一六任務部隊の全艦艇がたちどころに疾走し始めた。

かたや、それより二〇海里ほど先行していたフレッチャー部隊も、ミッドウェイの北北東およそ二三〇海里の洋上へと達し、いよいよ作戦行動を開始していた。

時に午前五時一二分。「ホーネット」から最初に飛び立ったドーリットル中佐機が、先行していた空母「ヨークタウン」の上空へ差し掛かるや、それを待っていたフレッチャー少将が同機を認めて間髪を入れずに命じた。

「……『ワスプ』へ信号！　索敵爆撃隊のドーントレスを急ぎ発進させよ！」

空母「ワスプ」艦上では、索敵の任務をおびたドーントレス一六機が発進準備を完了してすでに待機していた。

空はさらに明るさを増し、フレッチャー少将の命令が伝わるや、それらドーントレス一六機が母艦「ワスプ」の飛行甲板を蹴って、次々と上空へ舞い上がった。

重量級の陸軍爆撃機とちがって、身軽なドーントレス一六機はわずか八分で発進を完了。

そのうちの一五機はまもなくそれぞれ受け持ちの索敵線上を飛行して行ったが、一番手で「ワスプ」から発進した一機のドーントレスは、ドーリットル中佐機へ寄り添うように上昇してゆき、その前へ出るや、陸軍爆撃隊をミッドウェイ上空へ先導し始めたのだった。

ドーリットル中佐にとってこれほど心強いものはなかった。B25一六機も訓練は充分に受けていたが、洋上飛行においてはやはり海軍の艦載機に一日《いちじつ》の長《ちょう》がある。

しかも、ワスプ索敵爆撃隊の隊長機みずからが敵地まで先導してくれるというのだから、まさに鬼に金棒。これでまちがいなくミッドウェイ上空へたどり着けるので、陸軍パイロットはみな、わずらわしい航法を気にせず操縦に専念することができた。

ちなみに、本来の索敵任務に就いた一五機のドーントレスは航続距離を延ばすために爆弾を一切積んでいなかったが、先導役に就いた隊長機のみはミッドウェイの飛行場を攻撃するために五〇〇ポンド爆弾一発を搭載していた。

爆弾未装備のドーントレスは三〇〇海里程度の行動半径があり、暗号解読班の入手した情報に誤りがなければ、空母六隻を擁する敵艦隊は、すでにミッドウェイ島の（西北西）一〇〇海里圏内へ軍を進めているはずだった。

――われわれは索敵で必ず先手を取れるにちがいない！

フレッチャーはそう信じていたが、それもそのはず。ハワイ空襲部隊を率いる小沢治三郎中将はこの時点で、いまだ米空母四隻の存在にまったく気づいていなかったのである。

午前六時一二分。ワスプ索敵爆撃隊の隊長機とB25爆撃機一六機は、ミッドウェイの手前（北北東）約一二〇海里の上空へ差し掛かると、日本軍のレーダー探知を避けるためにしっかりと高度を下げた。

2

三月八日に空襲を受けて以来、ミッドウェイの日本軍守備隊は、敵空母機による空襲が再びあるものと考えて、大いに警戒していた。

イースタン島の飛行場はもはやすっかり復旧工事を完了していたが、守備隊長を務める大田実《みのる》大佐は喪失機の穴埋めをするために、連合艦隊司令部に対して再三にわたり航空兵力の増強を要請していた。

幸い、三月中旬には第一段作戦が終了し、基地航空隊の運用にも多少の余裕が出てきた。

ハワイの攻略を見すえる連合艦隊司令部としても、ミッドウェイ奪還をあっさりゆるすわけにはいかず、山口大将は大田大佐の要請にすみやかに応えて、三月末までに一式陸攻一二機と零戦一八機を同島へ増派していた。

また、四月に入ると、連合艦隊は急遽「第二次布哇作戦」を実施することになり、小沢艦隊のハワイ方面への進軍を支援するために、ミッドウェイ・サンド島の水上機基地へ四機の二式飛行艇を追加で進出させていた。

時を同じくして、零戦や艦爆、艦攻なども追加配備されており、四月一五日の時点でミッドウェイの航空兵力は一〇〇機ちかくにまで増強されていたのだった。

ミッドウェイ航空隊／指揮官　大田大佐兼務
・イースタン島・飛行場　配備機・計七八機
（零戦四二、艦爆九、艦攻九、陸攻一八）
・サンド島・水上機基地　配備機・計一八機
（九七式飛行艇一二、二式飛行艇六）

基地の防衛に主眼を置いているため、戦闘機重視の配備に変わりはなかったが、一五日の時点で一式陸攻も一八機に増えており、飛行艇や陸攻を総動員すれば、二段索敵をやってやれないことはなかった。

ただし連合艦隊司令部から、二式飛行艇はとくに「第二次布哇作戦」の支援にまわすよう指示が出されており、六機ともオアフ島方面（南東）の哨戒に飛び立つこととなっていた。

オアフ島空襲の任務をおびた小沢艦隊は、ミッドウェイ沖通過後もハワイの北西海域で最後の給油を実施することになっており、その前路哨戒を二式飛行艇で実施しておき、艦隊の安全を確保しようというのであった。

当然の指示である。大田司令もこの方針に同意していたが、それは、残る一二機の九七式飛行艇が在れば〝とりあえず満足な索敵が可能だ！〟と考えていたからにほかならない。

九七式は巡航速度が時速一二〇ノットでもはや旧式化しつつあるが、連日にわたって九機が東方六〇〇海里に及ぶ索敵をおこない、三月七日にはきっちり米空母二隻を発見していた。

一二〇ノットで飛ぶため、片道・六〇〇海里の索敵を実施すると、飛行時間は一一時間を超えることになる。

一二機のうちの三機を非番とし、九機が午前七時ごろから順次泊地を出発、正午過ぎに索敵線の先端へ到達し、四五分ほど哨戒飛行を続けてから午後一時ごろに帰路へ折り返す。そうすれば午後六時ごろにはミッドウェイ上空へ帰投して、日没前に泊地へ着水できる。同機の航続力は充分なので、七〇〇海里に及ぶ索敵を実施しようと思えばできるが、一二時間を超えるような索敵をいつも強いるのは搭乗員に掛かる負担が大きく、帰投時刻も日没後になる可能性が高い。そのため、通常は六〇〇海里の索敵とし、なにか特別な事情でもないかぎり、七〇〇海里の索敵を命じるのは大田も控えていた。

あとで配備されてきた一式陸攻一八機はじつに頼りになるが、三月八日に受けた空襲はなんとか最小限の被害で乗り切っていた。

そこで大田は、この日も、それら一式陸攻を索敵に使わず、反撃の切り札として基地へ温存しておくことにしたのである。

3

完全な不意討ちだった。

午前七時六分。ワスプ隊・隊長機のドーントレスが先陣を切ってイースタン島の飛行場へ爆弾をねじ込むと、B25が間断なく爆弾を投下して、滑走路をずたずたに引き裂いた。

ミッドウェイ基地にいまだレーダーは配備されておらず、滑走路のソデやエプロン地帯に駐機していた零戦、一式陸攻などが、飛び立つ間もなくあっという間に破壊されてゆく。

飛行場はもはや大混乱となっていた。

日本兵はすでに全員が起床していたが、朝食を終えたばかりで配置に就いていない。守備兵らは空襲が始まるやはじめて戸外へ飛び出し、消火に当たるので精いっぱいだった。

やがて、勇敢な兵士が砲台に取り付き、機銃をぶっ放したが、そのときにはもう、大半のB25が爆撃を終えていた。

滑走路は三本とも大破し、エプロン地帯に駐機していた一式陸攻はほぼ全滅。艦爆や艦攻も残らず破壊されてしまった。唯一、掩体に残されていた零戦一五機が難を逃れていたが、破壊された機の残骸や爆撃痕で滑走路が寸断され、飛行場へ引き出せるような状況ではなかった。

飛行場に投じられた爆弾はもはや六〇発を超えており、搭載量の多いB25爆撃機は、その真価を遺憾なく発揮してみせた。

わずか一六機のＢ25だが、その攻撃力はドーントレス約八〇機分に相当する。だからこそ強いてニミッツ大将は、基地攻撃に陸軍爆撃機を投入したのであった。まずはどうしてもミッドウェイの日本軍飛行場を破壊しておく必要があり、かれら陸軍爆撃隊はあらかじめ、敵飛行場を〝徹底的に破壊せよ！〟と命じられていた。

攻撃が飛行場に集中したのはそのためだが、もはや〝攻撃効果は充分〟とみた一部のＢ25は、サンド島の泊地にも爆弾を投じて二式飛行艇二機と九七式飛行艇三機も粉砕した。

この日もまたサンド島の泊地から、午前七時を期して索敵隊の飛行艇九機が飛び立つことになっていた。発進準備はすでに終っていたが、空襲が始まる前に離水に成功した九七式飛行艇はわずか二機にすぎなかった。

結局、米軍爆撃機の猛攻は三〇分ちかくにわたって続き、ようやくミッドウェイ上空から敵機が飛び去ったのは午前七時三五分のことだった。

イースタン島からもうもうたる黒煙が昇り、飛行場のいたるところで火災が発生、いまだに燃え続けている。

午前八時過ぎになってようやく火を消し止めたが、飛行場の復旧には、おそらく〝一ヵ月程度は掛かるだろう〟と思われた。

完全に不意を突かれてしまい、大田大佐も防空壕へ退避するので精いっぱいだった。それにしても腑《ふ》に落ちないのが、来襲した敵機の大半が双発機だったことである。しかし「急降下爆撃を受けた！」という報告もあり、一式陸攻でもオアフ島まで往復するのは不可能だ。近くで〝米空母が行動している！〟と考えざるをえなかった。

いや、敵機がどこから来たのか……、まったくもって不可解だが、大田は敵空母の存在を意識せざるをえなかった。だとすれば再攻撃の可能性もある。

ひと通り消火を終えると、大田は急ぎ滑走路の復旧を命じ、最も被害の少なかった第二滑走路の修復に全力を注いだ。

幸い、掩体《えんたい》に残されていた零戦は一五機とも飛行可能な状態を維持している。損傷機の残骸を取り除き、一部滑走路を整地すれば、身軽な零戦であればなんとか一機ずつでも午後には発進させられる可能性があった。

そしてなにより、近海にはすでに小沢中将麾下の六空母が到着しているはずだった。大田は藁《わら》にもすがる思いで緊急電を発し、味方空母の救援を要請した。

一式陸攻などがことごとく地上で破壊されてしまい、もはや自力では反撃できない。

敵空母の在否は不明だが、最悪の場合は敵が上陸して来ぬともかぎらず、万一、ミッドウェイを失うようなことがあれば、次のハワイ攻略作戦にも支障を来たす。敵の二次攻撃や上陸を阻止するには四の五の言っておられず、ここは小沢艦隊の力を借りるしかなかった。

それが悩んだ末での結論であり、もし米空母が近海に一隻も存在しなければ、それはそれで「第二次布哇作戦」を二、三日延期すればよいだけのこと。いや、みずからの悪い予感が的中し、やはり米空母が存在したとなれば、いまこそ空母決戦を挑み、米空母を一網打尽にできる絶好の機会にちがいなかった。大田は救援を要請せずにおられなかったのである。

4

「長官！　基地の通信が先ほどから大騒ぎでなにやらわめいております。どうやら飛行場が空襲を受けている模様です！」

基地というのは当然ミッドウェイのことを指しており、通信参謀がそう報告しながら艦橋へ駆け込んだのがミッドウェイ現地時間で午前七時一〇分ごろのことだった。

第二艦隊の旗艦・空母「翔鶴」の艦橋でこれを聞き、さすがの小沢もにわかに絶句した。

「なにっ⁉」

代わって、参謀長の山田定義《さだよし》少将が通信参謀に問いただした。

「はあ？　なにかのまちがいじゃないのか⁉」

「いえ、まちがいではありません。ひどい爆撃を受けているようで、基地の通信兵はみなに退避を呼び掛けております！」

通信参謀がそう返すと、山田は首をかしげながらつぶやいた。

「B17の仕業か……、それならオアフ島からぎりぎりとどくだろうが……」

ところがこれには、航空参謀の源田《げんだ》実《みのる》中佐が意義をとなえた。

「オアフ島の敵飛行場はいまだ完全には復旧されていないはず。それこそ来襲した敵機の、機種が問題ですが、B17とは考えづらく、まずは空母の出現を疑うべきです！」

米空母がミッドウェイを空襲して来る可能性はもちろん充分にあり、そのことは常時、覚悟しておく必要があった。

小沢も〝空母艦載機の可能性が高い〟と思ったが、山田はさらに言い返した。

「しかしそれなら、基地配備の飛行艇が昨日の段階で敵空母を発見しているはずだろう？　しかしそんな報告は一切聞いておらん」

山田の言うことにも一理あり、これには源田も一瞬返答に困った。しかし、ここで引き下がれば一大事になりかねない。本当は米空母が来襲しているのにもかかわらず、これをもし放置したとすれば、オアフ島空襲中に味方空母六隻が背後から攻撃を受けかねない。

「味方飛行艇が見落としたということもありえます。いずれにしましても、基地が空襲を受けている以上、われわれはミッドウェイ近海に米空母が出現したものと想定し、充分な警戒態勢を敷いておくべきです！」

それはそのとおりだが、昨日も天気はよかったので、味方飛行艇が敵空母を見落とした、ということも、なかなか考えづらかった。

「米空母がよりによって、このタイミングで、ミッドウェイを空襲して来るだろうか……」

山田はなおもそうつぶやいたが、まもなくしてこの論争に決着が付いた。

午前七時一六分。小沢艦隊の上空に一機のドーントレスが現れたのだ。その目的はあきらかに偵察で、こんなところを敵単発機が飛んでいるはずもなかった。

真っ先に同機を発見したのは戦艦「霧島」の見張り員で、同艦から通報が入るや、源田が即座に双眼鏡を覗き、言い切った。

「……単発機です！　空母から発進して来たとしか考えられません！」

小沢がこれにうなずくと、源田は立て続けに進言した。

「わが空母の所在はすでに敵の知るところとなりました！　急ぎ『龍驤』から艦攻を索敵に出します。事は一刻を争います！　飛行速度を一八〇ノットとし、とりあえず二〇〇海里の距離を進出させて、それでも敵空母を発見しなければ、追って指示をあたえます。復路はもちろん、巡航速度の一四〇ノットで帰投させます！」

艦攻は索敵任務に徹すれば、優に三〇〇海里以上の距離を進出できる。源田が言うとおり九七式艦攻の巡航速度は本来一四〇ノットだが、もはや索敵では敵方に大きく後れを取っており、ガソリンの浪費を厭うている場合ではなかった。事態は切迫しており、一分一秒の後れが命取りになりかねない。


小沢もすぐさまうなずいたが、ひとつだけ訊き返した。

「ぜひ、それでやってもらおう。……だが、何機出す？」

「対潜警戒用の艦攻を索敵に転用します。六機はすぐに準備できるはずですから、それらを先に出し、ガソリンの補充が終わり次第、残る六機にも発進を命じます」

軽空母「龍驤」は今、一二機の艦攻を搭載しており、そのうちの六機を対潜警戒用として、常時飛行甲板に待機させてあった。それらにまず発進を命じ、準備が出来次第、残る六機も全部索敵に出そうというのであった。

これに反対する者などだれもなく、山田参謀長もいまとなっては、源田の方針にくり返しうなずいていた。

そうと決まれば、善は急げだ。

「よし！　『龍驤』に急ぎ索敵機の発進を命じてくれたまえ！」

この命令はすぐに伝わり、午前七時二〇分には一機目の艦攻が「龍驤」から飛び立った。

敵機は北東から飛来したので、そちらを中心にして扇型の索敵網を展開する。索敵計画はすべて源田が立案し、午前七時四七分には最後の艦攻も発進して行った。

索敵機が一二機とも発進してゆくと、小沢があらためて源田に諮《はか》った。

「問題は攻撃機の準備だ。爆弾などをあらかじめ積んでおくかね？」

「はい。敵空母は付近に必ずいるとみます！　全艦攻に魚雷を装着し、艦爆にはすべて通常爆弾を装着しておきます」

源田は即答したが、これにはまたしても山田が首をかしげた。

「……そう急いで兵装作業をやるのは考えものではないかね……」

「はい。敵空母をいまだ発見しておらず、じつに悩ましいところですが、単発の敵機がわが上空へ現れたのも事実です。早ければ二時間後には米軍攻撃隊が来襲すると考えねばならず、敵空母を発見してから兵装作業をやっていたのでは手後れになります。万一、敵が存在しなければ、整備員に余計な負担を掛けることになりますが、兵装作業中に攻撃を受けると目も当てられません。最悪の事態を避けるために、攻撃隊・即時発進の準備をととのえておくべきです」

山田がしぶしぶうなずくと、小沢がさらに念を押した。

「索敵機が先端へ達するまで一時間以上は掛かるだろうが、それから兵装作業をやっていたのでは遅いというのだね？」

「おっしゃるとおりです。攻撃機を飛行甲板へ上げる手間もございます。そのための時間も考えておく必要があります」

　すると小沢が、もうひとつだけ訊いた。

「第一波の攻撃機は飛行甲板へ事前に上げておくのかね？」

「第一波は零戦と攻撃機の約半数を事前に上げておこうと思います」

　およそ妥当な措置だと思い、小沢が厳かにうなずくと、この方針がただちに「翔鶴」以外の空母にも伝えられ、母艦六隻の艦上で一斉に攻撃隊の準備が始まったのである。

　それは午前七時五〇分のことだった。

　この時点で小沢中将麾下の空母六隻は、ミッドウェイ島の北西（微南）およそ七〇海里の洋上に達していた。

5

　午前七時一八分。両任務部隊の旗艦・空母「エンタープライズ」「ヨークタウン」の艦橋に、待ちに待った報告が飛び込んで来た。

『敵大艦隊、発見！　空母六、戦艦六、その他随伴艦多数！　敵艦隊はミッドウェイ島の北西（微南）七五海里の洋上を、東南東へ向け、速力・約一五ノットで航行中！』

　報告を入れて来たのはワスプ索敵爆撃隊のうちの一機で、「霧島」の見張り員によって発見されたドーントレスにほかならなかった。

――すわっ！　ジャップ空母群はやはりミッドウェイの北西近海に現れた！

報告電を受け取るや、ハルゼー中将とフレッチャー少将は時を同じくして、まったく同じ質問を航空参謀に投げ掛けた。

「敵艦隊との距離はっ⁉」

両空母艦上における参謀の返答はおのずとちがった。フレッチャー部隊はすでにミッドウェイ島の北北東およそ一八〇海里の洋上へ達していたのに対して、ハルゼー部隊はいまだその後方およそ一〇海里の洋上に位置していた。

「はっ、日本軍空母艦隊との距離はおよそ一九〇海里です！」

そう答えたのはフレッチャーの航空参謀で、ハルゼーの航空参謀は、その距離を「およそ二〇〇海里です！」と答えた。

いずれにしても、暗号解読班の予想はまんまと的中し、アメリカ海軍の空母四隻はほぼ理想的な距離で日本軍の空母六隻を捕捉した。惜しむらくはデヴァステイター雷撃機の攻撃半径が短いことだが、これ以上にすばらしいお膳立ては望むべくもなかった。

すでに四空母の艦上では攻撃隊の出撃準備がとのいつつある。しかも、両部隊はいまだ敵機の接触をゆるしていなかった。

航空参謀の答えに〝よし！〟とうなずくや、ハルゼー中将は、即座に「ヨークタウン」と連絡を取り、フレッチャー少将に命じた。

「わが隊はジャップ空母艦隊に接近後、午前八時を期して攻撃隊を発進させる！　貴隊も適宜、接近し、敵空母艦隊に対してすみやかに全力攻撃を仕掛けよ！」

するとまもなくして空母「ヨークタウン」から応答があった。

『了解！　わが隊は、敵との距離を約一八〇海里に詰め、午前七時四五分を期して攻撃隊の発進を開始する！』

ハルゼーに異存はなく、空母四隻は攻撃隊の発進準備をととのえながら日本軍空母艦隊へ向けてグングン近づいて行った。空母「エンタープライズ」「ホーネット」の速度はいきおい三一ノットに達している。第一六任務部隊はなおも単縦陣を維持していた。

そして午前七時四五分、敵との距離を〝一八〇海里に詰めた！〟とみるや、フレッチャー少将が意を決して攻撃隊の出撃を命じ、空母「ヨークタウン」「ワスプ」の艦上から一斉に先頭のワイルドキャットが発進を開始した。

第一七任務部隊・第一次攻撃隊

・空母「ヨークタウン」　出撃数六二機
（戦闘機一二、爆撃機三六、雷撃機一四）

・空母「ワスプ」　出撃数三八機
（戦闘機一〇、爆撃機一六、雷撃機一二）

第一六任務部隊・第一次攻撃隊

・空母「エンタープライズ」　出撃数六二機
（戦闘機一二、爆撃機三六、雷撃機一四）

・空母「ホーネット」　出撃数四四機
（戦闘機一二、爆撃機一八、雷撃機一四）

午前八時には、ハルゼー中将も敵艦隊との距離を一八五海里に詰め、予定どおり攻撃隊に発進を命じた。

第一次攻撃隊の兵力は両部隊を合わせてワイルドキャット戦闘機四六機、ドーントレス急降下爆撃機一〇六機、デヴァステイター雷撃機五四機の計二〇六機。

空母「ワスプ」は索敵にドーントレス一六機をすでに出し、空母「ホーネット」はB25爆撃機を搭載していたため、両空母からの出撃数は「エンタープライズ」「ヨークタウン」のそれより少なくなっている。

昨年一二月の開戦以来、アメリカ軍機動部隊が日本軍機動部隊に対して本格的な攻撃を実施するのはこれがはじめてだ。

ハルゼー中将麾下の四空母はこの時点でまぎれもなく先手を取っていたが、出撃機数が多く、「エンタープライズ」から最後のデヴァステイターが発進したのは午前八時三〇分のことだった。

そして、同機が飛び立つ数分前の午前八時二四分に、先行する第一七任務部隊の上空へ、ついに日本軍の偵察機が現れた。

それはいうまでもなく「龍驤」から索敵に出た九七式艦攻だったが、そのときにはもう両任務部隊の距離は〝五海里以下〟となっており、同機は北東一八〇海里の洋上に米空母が〝四隻も存在する！〟ということを、旗艦「翔鶴」へきっちりと打電したのであった。

フレッチャー少将は、空母「ヨークタウン」がひと足早く午前八時一五分過ぎに攻撃機の発進を完了すると、部隊の速度を俄然《がぜん》、一五ノットまで低下させていた。そのためハルゼー部隊との距離はぐっと縮まり、午前八時三〇分の時点でもはや両任務部隊は〝ほとんど合同していた〟といってよかった。

敵機に発見されたと知るや、ハルゼー中将は残念なあまり思わず舌打ちした。

——くそっ、こしゃくなジャップめ！　これで反撃をゆるすかもしれんぞ！

ハルゼーはとっさにそう直感したが、空母四隻の艦上には合わせて六二機のワイルドキャットが防空用として残されていたのである。

かたや、飛び立った攻撃機はガソリン節約のため、あえて空中集合を実施せず、第一次攻撃隊はおおむね三群に分かれて進撃して行った。

・第一群／戦二三機、爆三四機
・第二群／戦一二機、爆五四機、雷二六機
・第三群／戦一二機、爆一八機、雷二八機

攻撃機はおよそ第二群に集中していた。

6

軽空母「龍驤」から索敵に出た艦攻が、重大な報告電を最初に発したのは午前八時一〇分過ぎのことだった。

『敵機大編隊がわが艦隊の方へ向かう！』

続いて同機は、それから約一〇分後に、さらに決定的な報告をおこなった。

『空母は全部で四隻！　敵空母の一部はすでに攻撃隊の発進を終えつつある。ミッドウェイの北北東およそ一七〇海里！』

第一報を受けるや、小沢中将はただちに第一波攻撃隊の出撃準備を急がせたが、そこへ第二報が舞い込み、さしもの小沢も驚きの声を上げた。

「なにっ、敵空母は四隻だとっ⁉」

小沢ばかりでなく艦隊司令部の全員が、敵空母は〝多くて三隻だ〟と思い込んでいた。ところがその予想がすっかり外れて〝四隻〟も出て来たのだからたまらない。

しかも、敵艦隊との距離がかなり近く、四隻の米空母はもはや小沢艦隊の北東・約一八〇海里の洋上まで近づいていた。

源田の進言が功を奏して第一波攻撃隊の準備はまもなく完了し、小沢は午前八時二五分に発進を命じたが、空母四隻分の敵機が来襲しつつあるのだから、米軍攻撃隊が進入して来る、その前に第二波の攻撃機などもすべて上空へ舞い上げておく必要があった。

「第二波の発進は間に合うかね⁉」

小沢はたまらずそう諮ったが、さすがの源田もここは気合いで返すしかなかった。

「ぎりぎりですが、第二波攻撃隊も発進させるしかありません！」

そのとおりだった。

第二波の攻撃機も爆弾や魚雷をすでに装着していたので、とにかく上空へ舞い上げて飛行甲板を空にするしかなかった。でないと、「翔鶴」以下の味方空母は危険物を満載した状態で空襲を受けることになる。

「いつ（第二波を）発進させられる⁉」

矢継ぎ早に小沢がそう訊くと、源田は一瞬ためらいながらも即答した。

「うんと急がせて、午前九時一〇分には第二波の発進準備を完了させます！」

「はたしてそれで、間に合うかね……？」

小沢は疑問に感じ首をかしげたが、今度は源田も即座に応じた。

「幸い風は〝南西〟から吹いております！　攻撃隊発進時にわが空母六隻は高速で敵から遠ざかることになりますので、針路をこのまま南西に執り続ければ、この一時間ほどで時間と距離をかなり稼げます！」

　源田の指摘に決して誤りはなく、ここは藁にもすがる思いで、小沢もその可能性に賭けてみるしかなかったのである。

　第一波攻撃隊／攻撃目標・米空母四隻
①空母「翔鶴」／零戦九、艦爆二四
①空母「瑞鶴」／零戦九、艦爆二四
①軽空「龍驤」／迎撃戦闘機のみ発進
②空母「赤城」／零戦九、艦攻一八
②空母「飛龍」／零戦六、艦攻一八
②空母「蒼龍」／零戦六、艦攻一八
※○数字は各所属航空戦隊を表わす。

　第一波攻撃隊の兵力は、零戦三九機、艦爆四八機、艦攻五四機の計一四一機。その全機が午前八時四〇分までに発進して行ったが、母艦六隻は第一波の発進と同時に迎撃用の零戦三六機も上空へ舞い上げた。

　第二波攻撃隊／攻撃目標・米空母四隻
①空母「翔鶴」／零戦六、艦攻一八
①空母「瑞鶴」／零戦六、艦攻一八
①軽空「龍驤」／迎撃戦闘機のみ発進
②空母「赤城」／零戦六、艦爆一八
②空母「飛龍」／零戦六、艦爆一八
②空母「蒼龍」／零戦六、艦爆一八
※○数字は各所属航空戦隊を表わす。

第二波攻撃隊の兵力は、零戦三〇機、艦爆五四機、艦攻三六機の計一二〇機。

源田はしゃかりきとなって第二波の準備を急がせたが、それでも予定どおりにはいかず、小沢が第二波攻撃隊に発進を命じたのは午前九時一二分のことだった。

同時に残る迎撃戦闘機隊の零戦二七機も発進させたが、第二波の攻撃機と防空用の零戦がすべて上空へ舞い上がったとき、時刻はすでに午前九時二七分になろうとしていた。

米軍攻撃隊が来襲するのはもはや時間の問題となっており、小沢もさすがに艦隊の護りを重視せざるをえなかった。本来は攻撃用として使うはずの零戦を一五機ほど減らし、小沢は急遽、迎撃戦闘機隊の零戦を計六三機とした。

とくに「龍驤」発進の零戦一八機はすべて迎撃に使われることになり、それ以外の五空母もそれぞれ零戦九機ずつ、計四五機を艦隊上空の護りに残した。

そして小沢・第二艦隊と戸塚・第三艦隊の全艦艇が、第一波の発進開始（午前八時二五分）から第二波が発進を完了する（午前九時二七分）までのおよそ一時間にわたって高速航行を続け、午前九時三〇分を迎えた時点で帝国海軍の空母六隻は南西へ二五海里ほど退き、米艦隊との距離をしっかりと稼いでいた。

これは時間に換算すると、米軍攻撃隊の来襲を一〇分余り遅らせたことになり、迎撃に向かった零戦六三機は自軍艦隊の手前（北東）およそ四〇海里の上空で敵機を迎え撃ち、さらに時間を稼ぐことに成功した。

結局、米軍攻撃機はいずれも二〇〇海里以上の距離を進出させられることになる。

はたして午前九時一五分、米軍攻撃隊の先陣を切って日本の空母群へ近づいて来たのは第一群の五六機だった。

それらは空母「ヨークタウン」と「ワスプ」から最初に飛び立った、ワイルドキャット二二機とドーントレス三四機で、米軍攻撃隊の第一群はめざす日本の空母群を視界へ捉える前に、三六機の零戦から派手な出迎えを受けた。

三六機の零戦は第一波攻撃隊の発進と合わせて先に上空へ舞い上がったもので、残る後発の零戦二七機は発進中でいまだ戦場には一機も到達していなかった。

迎撃戦闘機隊の零戦は米軍攻撃隊の来襲を予期しつつ、はるか上空に占位していた。

――すわっ！　敵機はやはり北東から現れた！

米軍機の群れを発見するや、零戦は高度の優位を活かして猛然と突っ込み、およそ半数でグラマン戦闘機をたちまち空戦にまき込んだ。

残る零戦も時を置かずに突入して、片っ端からドーントレスに襲い掛かる。

白面のパイロットはみな日本の空母を捜し出すのに気を取られ、零戦に先手をゆるしてはやくも防戦一方となった。

時間の経過とともにワイルドキャットやドーントレスが一機また一機と撃ち落とされ、その数を着実に減らしてゆく。

そこへ、一〇分と経たずして後発の零戦も次々と到着し、ドーントレスは零戦から包囲を受けてにわかに散り散りとなった。

――このままでは全滅をまぬがれない！

そう観念したドーントレスの隊長機がとっさに散開を命じ、零戦の攻撃を分散させようとしたのだった。

しかし、この命令は遅きに失していた。すでに約三分の一のドーントレスが撃墜されており、残るドーントレスも大半がかなりの手傷を負っている。めざす空母を見つけ出すことすらできず、散り散りとなったかれら爆撃隊はついに攻撃をあきらめ、そのまま戦場から離脱して北方へ退避して行った。

対する零戦も七機を失っていたが、かれら迎撃戦闘機隊に休んでいるような暇はなかった。

敵攻撃隊の第一群を退けてホッとしたのもつかの間、それをはるかに上まわる数の敵機が、退けた敵機とちょうど入れかわるようにして近づいて来た。

次に来襲したのはむろん米軍攻撃隊・第二群の九二機だった。

エンタープライズ戦闘機隊のワイルドキャット一二機に護られた第二群は、空母「エンタープライズ」「ホーネット」「ヨークタウン」から飛び立ったドーントレス五四機と、「ヨークタウン」「ワスプ」から飛び立ったデヴァステイター二六機で群れを形成していた。

迎え撃つ零戦はすでにその数を五六機に減じていたが、爆撃機などを護る敵戦闘機は極端に少なく、五分と経たずしてグラマン一二機を空中戦にひきずり込んだ。

最初に突入した零戦は一八機だったが、敵戦闘機を一対一の空戦にまき込むや、六機は攻撃目標をドーントレスなどに変更し、計四四機の零戦が敵爆撃機や雷撃機に波状攻撃を仕掛けた。

魚雷を抱いて鈍重なデヴァステイターはまったく零戦の敵ではなかった。一〇分に及ぶ追撃戦の末に、零戦は一機も失うことなく二三機のデヴァステイターを撃墜し、残る三機も難なく撃退してみせた。

いっぽうドーントレスは意外にしぶとく、一五分以上にわたって執拗な攻撃を続けたが、一二機を撃墜して一五機を戦場から離脱させるのが精いっぱいだった。

しかも、零戦が撃ちもらした二七機のドーントレスは、空戦場からすでに三五海里ほど前進しており、かれら白面のパイロットは、眼下の洋上に日本の空母群をついに発見した。

二七機の進出距離はもはや二一〇海里を超えていたが、空母を見つけ出し、ここまで来て攻撃をあきらめるようなものは一機もなかった。

「全機突入せよ！」

エンタープライズ、ホーネット、ヨークタウン隊の隊長機が続け様に突撃命令を発し、二七機のドーントレスが逆落としとなって、日本の空母へ次々と襲い掛かる。

砲術長や見張り員が上空を指さし、「長門」以下の戦艦六隻も味方空母を護ろうと懸命になって対空砲をぶっ放したが、敵機の突入を阻止することはできず、三機のドーントレスを撃ち落とすのが精いっぱいだった。

狙われたのは「翔鶴」「瑞鶴」「龍驤」「赤城」の四空母だ。ハルゼー中将が〝できるだけ多くの敵空母を攻撃せよ！〟と出撃前に命じており、爆撃隊は狙いを一隻に絞らず、まずは飛行甲板を破壊して〝少しでも多くの敵空母から戦闘力を奪ってやろう！〟と勇み立っていた。

なかでもエンタープライズ隊の練度は高く、対空砲火をかわした一〇機のドーントレスは、高速で疾走する空母「赤城」と「翔鶴」の飛行甲板へ見事、爆弾二発ずつを突き刺した。

命中の瞬間、まばゆい閃光が走り、二空母とも艦上で火災が発生。火を消し止めるのにたっぷり一五分を要した。

命中したのは四発とも五〇〇ポンド爆弾だったが、両空母とも飛行甲板が大破して、「赤城」はたちどころに戦闘力を喪失、「翔鶴」も一時的に戦闘力を奪われた。

それだけではない。時を置かずにホーネット隊のドーントレス六機も空母「瑞鶴」の飛行甲板に五〇〇ポンド爆弾一発をねじ込み、ヨークタウン隊の八機は「龍驤」に一〇〇〇ポンド爆弾一発を命中させていた。


空母「瑞鶴」の被害はさほど深刻ではなかったが、それでも飛行甲板の復旧におよそ二〇分を要した。復旧後、艦載機の発着艦は可能だが、魚雷や爆弾を搭載した攻撃機の発進は〝かなり危険である!〟と報告された。飛行甲板・前部に生じた歪《ゆが》みを付け焼き刃の応急修理だけではどうしても直しきれなかったのだ。

そして、攻撃を受けた四空母のなかで、最大の被害を受けたのが軽空母「龍驤」だった。

排水量が一万トン程度の「龍驤」はただでさえ防御力が弱い上に、ひときわ破壊力の大きい一〇〇〇ポンド爆弾を喰らってしまった。

被弾した直後から「龍驤」の動きがあきらかに鈍り、艦内奥深くで火災が発生。消火に手間取るうちにボイラーが損害を受けて、出し得る速度が一気に七ノットまで低下した。

もはやこうなると、空母としての機能を失ったばかりか他艦にさえ付いてゆけず、「龍驤」は独り後方へ取り残されてしまった。

さらに付いていないことに、そこへ米軍攻撃隊の第三群が来襲し、零戦の身を挺しての反撃にもかかわらず、「龍驤」はさらに爆弾一発と魚雷二本を喰らってついに航行を停止。軽空母「龍驤」は午前九時五六分に左へ大きく傾きながら、波間へ没していったのだった。

第三群としてしんがりで日本の艦隊上空へ進入して来たのはエンタープライズ隊のドーントレス一八機とデヴァステイター一四機、それにホーネット隊のデヴァステイター一四機だった。

第三群もまた、およそ四〇機の零戦から猛攻を受け、投弾前にドーントレス九機とデヴァステイター一八機を退けられた。

しかしさすがの零戦もこれまでの戦いでかなり疲弊しており、多くの零戦がおよそ一撃を仕掛けるだけで精いっぱい、撃墜するに至った第三群の敵機はわずか九機にすぎなかった。

それでも零戦は、ワイルドキャットもふくめて三〇機余りの米軍機を撃退（撃墜をふくむ）してみせたが、ドーントレス九機とデヴァステイター一〇機をあえなく取り逃した。

空戦時間はもはや四〇分を超えており、零戦の数も四二機まで激減。その迎撃網を命懸けで突破した一九機の米軍攻撃機は、そのうちの一六機までが空母「エンタープライズ」から発進したものだった。

そして、日ごろからハルゼー中将に鍛えぬかれていた、エンタープライズ隊の技量はやはり群を抜いていた。

空母「エンタープライズ」発進の一六機は、周知のとおり落伍していた「龍驤」にまず爆弾一発と魚雷二本を突き刺し、速度がすこし低下していた「赤城」と「翔鶴」にもさらに爆弾一発ずつを命中させたのである。

三空母に命中した爆弾三発はいずれも破壊力の大きい一〇〇〇ポンド爆弾だった。

爆弾二発と魚雷二本を喰らった「龍驤」は一〇分と経たずして轟沈《ごうちん》。「翔鶴」と「赤城」もそれぞれ計三発の爆弾を喰らって、今や完全に戦闘力を喪失していた。

「翔鶴」と「赤城」はともに艦隊の旗艦だ。

空母「翔鶴」はなおも二五ノットでの航行が可能だが、「赤城」の速度は二〇ノットまで低下していた。両空母とも戦闘力を奪われ、小沢、戸塚両中将は他艦へ移乗することにした。

駆逐艦を経由して、小沢中将は将旗を僚艦「瑞鶴」へ移し、戸塚中将は空母「飛龍」を新たな旗艦とした。出した攻撃機を収容せねばならず、戦闘はまだ続いている。

敵の空襲を無傷で乗り切った空母は「飛龍」「蒼龍」の二隻のみ。一発の被弾で乗り切った空母「瑞鶴」も戦闘機の運用は可能だが、攻撃機の発進はほぼ絶望的となっていた。

午前一〇時五分には上空から敵機がすべて飛び去ったが、空母六隻のうちの三隻を撃沈破されてしまい、ハワイ空襲部隊の戦力はもはや半減していた。敵の空襲が終わると、両中将は「翔鶴」「赤城」を後方（西方）へ退避させた。

迎撃隊の零戦も二四機を失い、今や三九機となっている。「瑞鶴」は応急修理を終えており、「飛龍」「蒼龍」の三空母でそれら零戦を収容した。

軽空母「龍驤」の喪失も痛いが、旗艦の二空母が撃破された衝撃は大きかった。しかも、出した攻撃隊はいまだ米艦隊上空へ達しておらず、午前一〇時過ぎの時点で第二、第三艦隊はあきらかに劣勢に立たされていた。

緒戦からの戦勝続きで、内地では米軍を侮る気配が見え始めていたが、来襲した敵機はどうして予想以上に勇敢で、すっかり煮え湯を飲まされたような恰好だ。

しかし、戦いはまだ始まったばかりで、いまだ勝敗は決していない。

――まずは第一波攻撃隊の反撃に期待するしかないが、この分だと、オアフ島を空襲することなどとても不可能にちがいない……。

四隻もの敵空母と交戦中のため、旗艦を撃破された小沢はそう覚悟せざるをえなかった。

7

午前八時三〇分過ぎに攻撃隊の発進を完了すると、ハルゼー中将麾下の四空母は、日本軍の目をごまかすために一旦東南東へ針路を執り、速度を二〇ノットに低下させていた。

出した攻撃隊を収容するためにおよそ二時間後には再び西南西へ変針しなければならないが、二時間と経たずして、午前九時五五分には予期したものがおとずれた。

「レーダーに反応あり！　敵機大編隊がわが方へ接近中！　その数およそ一五〇機。あと三〇分ほどで上空へ来襲します！」

最初に敵機群を探知したのはまさに座乗艦「エンタープライズ」のレーダーだった。

——なに、もう来たか……。どうやらジャップの指揮官も無能じゃなさそうだな……。

ハルゼーは心のなかでそうつぶやくや、まずは麾下全艦艇に警報を発し、続いて気合いたっぷりに命じた。

「至急、全戦闘機を迎撃に上げよ！」

命令は残る三空母にもすぐに伝わり、計六二機のワイルドキャットがそれから八分以内にすべて上空へ舞い上がった。

敵機の数は〝およそ一五〇機！〟と報告されたので決して少なくはないが、この防空戦さえ凌げばおのずと〝勝利が転がり込む！〟とハルゼーはみていた。

すでに味方攻撃隊からは続々と戦果報告が入っており、日本軍の空母三隻を撃破したことはまずまちがいなかった。

みながそのことを承知しており、艦隊の士気はすこぶる高かった。いま飛び立ったワイルドキャットのパイロットらも〝勝利はちかい！〟と直感しており、かれらは〝ようやく出番が来た！〟と武者震いしながら発進して行った。

敵空母六隻中の三隻を撃破したのだからみながそう信じるのは当然で、すでに日本軍機動部隊の兵力は半減しているはずだった。

午前一〇時一〇分。六二機のしんがりで「ホーネット」から飛び立ったワイルドキャットが、先行する味方編隊に加わり、自軍艦隊の手前（西南西）およそ三五海里の上空で迎撃態勢を構築すると、はるか西の空にケシ粒を撒いたような無数の黒い点が、計ったようにして現れた。

「よし、あそこだ！　降下しながら一撃を仕掛ける。……みな、あとに続け！」

迎撃戦闘機隊の隊長機がそう命じて、真っ先に突入を開始すると、日米両軍機の距離がみるみる縮まっていった。

双方の距離はもはや五〇〇〇メートルを切っている。すでに日本側も敵機の存在に気づいていたが、高度差はいかんともしがたく、はるか上空から降下したワイルドキャットのほうが、圧倒的に有利だった。

来襲したのはいうまでもなく日本軍・第一波攻撃隊で、空中指揮官は赤城雷撃隊を直率する橋口喬《たかし》少佐が務めていた。

発進してから一時間二〇分が経過した午前一〇時の時点で、第一波攻撃隊は予定していた一八五海里の距離を前進したが、米艦隊が針路を変えていたため、橋口少佐はいまだ敵空母を発見できずにいた。

——ははあ、敵はおそらく東だな……。

橋口がそう直感したのは米本土やハワイ諸島が東に在るからで、この考えはじつに正鵠《せいこく》を射《い》ていた。さしものハルゼー中将も敵の懐《ふところ》へ飛び込むような針路（西）は執れなかったが、橋口が東への変針を命じた直後に、ばったりグラマンの大群と出くわしたのだからたまらない。

橋口はどうしても海上に気を取られ、そうと気づいたときには敵機群との距離がすでに一万メートルちかくにまで迫っていた。

しかも、攻撃隊は高度四〇〇〇メートルを維持して飛んでいたので、多くのグラマンに上空からの一撃をゆるしてしまった。

橋口は一航戦の零戦一八機に急いで突撃を命じたが、時すでに遅しで結局三〇機以上の敵機から急襲を受けた。

それでも反撃に転じた零戦が五分ほどで八機のグラマンを返り討ちにし、二〇機ちかくを空戦にまき込んだ。が、それをかわした敵機から一撃を喰らって第一波攻撃隊は早くも零戦六機、艦爆四機、艦攻五機の一五機を撃墜されてしまった。

いや、それだけではない。そのとき同時に艦爆三機と艦攻四機も深手を負って、離脱を余儀なくされており、第一波攻撃隊は二二機があっけなく戦力外となっていた。

向首反攻でグラマンの群れへ突入した一航戦の零戦は、二機を失いながらも一八機の敵戦闘機を空戦にまき込み、なおも火花を散らしている。

零戦のほうが戦いを優位に進めつつあるようだが、それでもなお三〇機以上のグラマンが周囲をわがもの顔で飛び回り、艦爆や艦攻に波状攻撃を仕掛けて来た。

攻撃隊・本隊にはいまだ一七機の零戦が直衛に張り付いていたが、実際には三六機のワイルドキャットから波状攻撃を受けており、さしもの零戦も二倍以上の敵戦闘機を追い払うのに四苦八苦となった。

しかし、こうして敵戦闘機が東方から現れたということは、敵空母も必ず東で行動しているのにちがいなかった。そして二度目の襲撃を受け始めた直後に、橋口は見下ろす洋上に敵艦隊の一端を認め、それから二分と経たずして二隻の米空母を発見したのである。

「しめたっ！　ヨークタウン型と、……もう一隻は『ワスプ』だ！」

橋口の眼に狂いはなく、このとき米空母四隻のうち、より西方に位置していたのはフレッチャー部隊の二空母だった。

迎撃戦闘機の発進を終えるや、ハルゼー中将は全速で一旦、東へ退避するように命じていた。

むろんフレッチャー部隊もすかさずこの命令に応じたが、四空母中ただ一隻「ワスプ」のみが二九・五ノットの最大速度しか発揮できず、部隊を同一にする「ヨークタウン」も初動がおのずから後れた。

ちなみに空母「ワスプ」は機関の最大出力が七万五〇〇〇馬力と小さく、機関出力が一二万馬力のヨークタウン級三空母はいずれも三三ノットの最大速度を発揮できた。

まずは、二隻の米空母を発見したのはよかったが、敵戦闘機の迎撃を受け始めてからもはや一五分が経過しており、残る攻撃隊の兵力は、敵空母を発見した時点で艦爆二五機と艦攻二八機にまで激減していた。

第一波攻撃隊はすでに艦爆一四機と艦攻一六機を失い、艦爆九機と艦攻一〇機が西方への退避を余儀なくされていた。

米空母は他にもう二隻いるはずだが、攻撃隊をこれ以上、東進させるのはどう考えても不可能にちがいなかった。

――まずはこの二隻をやるしかない！

午前一〇時二五分。橋口は意を決するや、俄然突撃命令を発した。

「全軍突撃せよ！（トトトトトッ！）」

待ってましたとばかりに艦爆が応じて速度を増し、橋口機もすかさず高度を下げて、艦攻が次々と低空へ舞い下りる。

そして、爆撃隊を率いる千《ち》早《はや》猛《たけ》彦《ひこ》大尉は一四機を直率して「ヨークタウン」へ襲い掛かり、残る一一機を「ワスプ」の攻撃に差し向けた。

それと呼応するように橋口少佐も艦攻一五機を直率して「ヨークタウン」の舷側へと迫り、残る一三機に「ワスプ」への攻撃を命じた。

そうはさせじと数機のワイルドキャットが追いすがり、空母を囲む米艦艇なども一斉に対空砲をぶっ放す。その猛烈な砲火に突入を阻まれ、さらに艦爆四機と艦攻五機が火を噴いた。

砲弾の直撃を受けた艦爆一機がみるも無残に空中で砕け散り、尾部から火を噴いた一機の艦攻が水しぶきを上げながら「ヨークタウン」のはるか手前で海面に激突した。

結局、投弾の位置に就いた艦爆は二一機で、艦攻は二三機となっていた。それら四四機は果敢に狙う米空母へ迫るも、内地から出撃する前に急遽補充された搭乗員が多く、攻撃隊の練度はおのずと低下していた。

それでも第一波は「ヨークタウン」に爆弾二発と魚雷二本、「ワスプ」にも爆弾一発と魚雷一本を突き刺した。

どす黒い煙が昇り、「ヨークタウン」の姿を周囲から遮蔽している。護衛に付く重巡などの艦上からみなが心配そうに観ていたが、空母の様子がなかなか確認できない。

どうにか煙がおさまり、ようやく「ヨークタウン」が姿を現すも、同艦の速力はあきらかに低下しており、艦が左へかなり傾いていた。

いまだ沈むような気配はないが、魚雷は二本とも左舷に命中、艦の傾斜はおよそ八度に達し、速度も一時は六ノットまで低下した。もはやこうなると、艦載機の運用はむつかしい。やがて速力は一四ノットまで回復したが、艦長のエリオット・バックマスター大佐は首を横に振った。

「自力航行は可能ですが、艦の傾斜がひどく、艦載機の運用は絶望的です」

フレッチャーはこれに重々しくうなずくと、「ヨークタウン」の復旧作業をバックマスター艦長に一任して、旗艦を重巡「アストリア」へ変更することにした。

本来なら将旗を「ワスプ」へ移すべきところだが、同艦も同時に空襲を受けており、「ワスプ」も復旧作業のさなかでとてもそれどころの騒ぎではなかった。

「ヨークタウン」と同様に「ワスプ」も一〇分ほどで消火に成功したが、同艦も魚雷を右舷に喰らって、浸水を喰い止めるのにかなりの時間と労力を費やした。「ワスプ」の速度も一時は一三ノット程度に低下して、同艦もまた艦載機の運用が危ぶまれた。

艦長のジョン・W・リーヴス大佐は艦を北方へ退避させつつ懸命の復旧作業をおこない、ようやく海水の流入を防いで「ワスプ」の速力は次第に回復しつつあった。

──よし、この分だと、二〇ノット以上は出せるようになるぞ！

しかし、リーヴスがそう確信した直後のことだった。

午前一〇時五二分。第一波攻撃隊と入れかわるようにして、両任務部隊の上空へ日本軍の第二波攻撃隊が来襲したのである。

空母「エンタープライズ」のレーダーは二〇分ほど前からその接近をとらえており、通報を受けた迎撃戦闘機隊のワイルドキャットはその進入を阻止しようと、新手の日本軍攻撃隊へすでに襲い掛かっていた。

空の戦いが再燃し、両軍戦闘機が火花を散らし始める。戦闘機の数ではいまだ米側が上まわっていたが、今度はかれら迎撃戦闘機隊もことのほか苦戦を強《し》いられた。

これまでの空戦でワイルドキャットの数は四二機まで減っていたし、たび重なるゼロ戦との戦いで高度もかなり低下していた。それでも「エンタープライズ」から通報を受け急上昇しながら迎撃に向かったが、新手の敵機群にも相当な数のゼロ戦がおり、先ほどとはうって変わって多くのワイルドキャットが上昇しきる前にゼロ戦から襲撃を受けた。

その一撃を喰らって八機のワイルドキャットが手痛い損害をこうむり、四機が完全に撃ち落とされて、残る四機も俄然戦場からの離脱を余儀なくされた。

これで数の上でもほぼ互角となってしまい、戦闘機同士の戦いは混沌とし始めた。

降下した多くのゼロ戦が再び上昇に転じ、ワイルドキャットの後方から迫って空戦にまき込もうとしている。これを放置するのは危険だが、ここは迎撃戦闘機隊も覚悟を決めてゼロ戦との戦いを一旦中止し、日本軍の爆撃機や雷撃機に捨て身の急襲を仕掛けた。

空母を護るのが米軍迎撃隊の本来の役目だ。攻撃隊・本隊の上空にもいまだ六機の零戦が直衛に張り付いていたが、およそ守りが手薄となっている。ワイルドキャットが捨て身の攻撃を仕掛けると、さしもの零戦も一瞬の隙《すき》を突かれた。

二二機のワイルドキャットが本隊へ次々と襲い掛かり、五分足らずのあいだに第二波攻撃隊は艦爆九機と艦攻六機を失った。

しかし、そのときにはもう、第二波攻撃隊は洋上に四隻の米空母を発見しており、たった今、急襲を仕掛けて来たグラマンも、ことごとく零戦の追撃を受けていた。

こうなれば占めたもの。いまやほとんどのグラマンが零戦に翻弄《ほんろう》されており、第二波攻撃隊の空中指揮官を務めていた村田重治《しげはる》少佐は、この機を逃さず突撃命令を発した。

「全軍突撃せよ！（トトトトトッ！）」

今、米空母四隻はかなり接近していたが、それには理由があった。フレッチャー部隊が第一波攻撃隊から狙われ始めたとみるや、ハルゼー中将は一転して麾下全艦艇に西進を命じていた。これ以上東進を続けていると、出した攻撃機を収容できず、フレッチャー部隊の二空母が被弾するという恐れもあった。

万一「ヨークタウン」と「ワスプ」が傷付いてしまうと、両空母から発進した攻撃機も「エンタープライズ」と「ホーネット」で収容しなければならない。しかも味方攻撃隊の進出距離は二〇〇海里を超えていたので、どうしても帰投中の味方攻撃機を迎えに行く必要があったのだ。

すでに「エンタープライズ」のレーダーは新手の敵機編隊をとらえており、空母を危険にさらすことになるが、ハルゼーにはどうしても帰投中の航空隊を見捨てることができなかった。

「いま西進しますと、『エンタープライズ』と『ホーネット』も傷付く恐れがございます！」

ブローニングはそう進言したが、ハルゼーは頑として言い放った。

「航空隊あっての空母だ！　二隻が傷付くかどうかは、やってみなければわからん！」

それはそうだろうが、ブローニングはおよそ気が気でなかった。新たに来襲した敵機も〝一〇〇機以上!〟と報告されたからである。

はたして、ブローニングの予感は的中した。

ワイルドキャットの迎撃はあっさり突破されてしまい、空をうめ尽くすほどの日本軍機が迫って来る。

それを見て「ヨークタウン」と「ワスプ」は復旧作業を一時中断、敵機の攻撃をかわそうと、四空母が一斉に回頭し始めた。

しかし「ヨークタウン」「ワスプ」の速度はなかなか上がらず、第二波を率いる村田少佐は、その動きを決して見逃さなかった。

——ははあ、どうやら第一波の攻撃を受け、四隻のうちの二隻はもう、かなりの手傷を負っているようだ……。

攻撃兵力は充分。とっさにそう判断するや、村田はまず、「ヨークタウン」と「ワスプ」の攻撃に艦爆一六機と艦攻七機を差し向け、空母「エンタープライズ」の攻撃に艦爆一三機と艦攻一三機を差し向けた。

そして、みずからは艦爆一六機と艦攻一〇機を直率して、最も遠く(東)に位置する空母「ホーネット」の攻撃に向かった。

攻撃方針が伝わるや、各隊長機が次々と突撃命令〝ツ連送〟を発し、狙う米空母へ向けて艦爆や艦攻が止めどなく襲い掛かる。

それは午前一一時三分のことだった。

突入を阻止する敵戦闘機はもはやほとんどいないが、米艦艇の撃ち上げる対空砲火は熾烈をきわめ、爆弾や魚雷を投じる前に第二波攻撃隊はさらに艦爆六機と艦攻四機を失った。

しかし、これで怯《ひる》む者などだれもいない。およそ二〇分に及ぶ攻撃で、日の丸飛行隊はまず空母「ヨークタウン」に爆弾一発と魚雷一本をねじ込み、次いで空母「ワスプ」にも爆弾一発を命中させた。

さらに、それからすこし後れて、江《え》草《くさ》隆《たか》繁《しげ》少佐の直率する赤城爆撃隊と瑞鶴雷撃隊が空母「エンタープライズ」に襲い掛かり、見事、爆弾二発と魚雷一本を突き刺した。

ハルゼー中将の座乗艦「エンタープライズ」は艦長ジョージ・D・マレー大佐の見事な舵さばきで、投じられた爆弾や魚雷を次々とかわしていたが、午前一一時一八分ごろに左舷へついに魚雷を喰らい、その直後にブローニングは顔面蒼白となって、思わず絶句した。

――やっ、やられた！　万事休すだ！

かれがそう観念したのも無理はない。魚雷命中の直後から乗艦「エンタープライズ」の行き足が急激に鈍り、二発の爆弾が立て続けに艦上を突き刺したのだから、たまらない。

そしてなお悪いことに、ブローニングは、さらに左舷から迫り来る五機の日本軍雷撃機を、はっきりと眼にしていたのだった。

――魚雷をもう一本でも喰らえば、「エンタープライズ」もやられるぞ！

敵雷撃機はもはやこれ以上ないほど「エンタープライズ」に肉迫しており、どう考えても命中を避けられそうになかった。ブローニングはとても観ておられず、不意に目を伏せた。

が、その直後のことだった。けたたましい射撃音が聞こえ、いつまで経っても魚雷命中の衝撃を感じないではないか……。

ふしぎに思いブローニングがハタと空を見上げると、そこでは、八機ほどのワイルドキャットが乱舞しており、その猛烈な射撃で、敵機の雷撃を阻止してくれていたのだった。

——おお、そうか！　帰投して来たヤツらにちがいない！

そのとおりで、攻撃からいちはやく帰投して来た第一群のワイルドキャットが、空母「エンタープライズ」の窮状を察して日本軍雷撃隊に横殴りの一撃を仕掛け、敵機の雷撃をまんまと妨害していたのだった。

撃墜された艦攻は五機のうちの一機にすぎなかったが、残る艦攻四機も、帰投して来た敵機の不意討ちに度肝を抜かれ、魚雷投下のタイミングを狂わされてしまったのだ。

九死に一生を得るとはまさにこのこと。

空母「エンタープライズ」のダメコン・チームは飛び抜けて優秀で、すぐに消火に成功、爆撃による破孔も一〇分ほどで二つとも塞ぎ、午前一一時二五分には帰投機の収容に取り掛かった。

その様子を確認して、ブローニングもほっと胸をなでおろす。ところが、ハルゼー中将は顔色ひとつ変えずケロリとしており、空母「エンタープライズ」は依然として速力二六ノットでの航行が可能であった。

いっぽう、その五〇〇〇メートルほど東で航行していた空母「ホーネット」も、決して無傷ではなかった。

同艦の攻撃に向かった第二波の攻撃機は、村田少佐が直率しており、およそ二〇分に及ぶ攻撃で狙う「ホーネット」に対して爆弾二発と魚雷二本を命中させていた。

村田雷撃隊は突入開始直後に対空砲火で二機を撃墜され、魚雷の投下に成功した艦攻は結局、八機でしかなかった。それでも「ホーネット」に魚雷二本を命中させたが、さしもの村田雷撃隊も攻撃を片舷に集中することはできず、左右両舷に魚雷一本ずつを喰らったことが「ホーネット」には幸いした。

応急修理後も速度は二〇ノットしか出せなかったが、同艦もまた、午前一一時三七分には飛行甲板の孔を二つとも塞ぎ、帰投機の収容に加わったのだった。

日本軍の空母三隻を見事に撃破した第一次攻撃隊だが、デヴァステイターは結局、両任務部隊の上空へ一機もたどり着けず、帰投して来たのはワイルドキャット二四機とドーントレス七五機の計九九機でしかなかった。

じつはデヴァステイターも二一機が撃墜をまぬがれて帰途に就いていたが、航続距離がまるで足りず、味方空母群の四〇海里ほど手前の洋上へ全機が不時着水し、およそ二時間後に搭乗員のみが駆逐艦によって救助されることになる。

無事に帰投して来たワイルドキャットやドーントレスは、その全機が「エンタープライズ」と「ホーネット」で収容され、正午までに収容作業は完了した。

それはよかったが、さらに爆弾一発と魚雷一本を喰らった「ヨークタウン」は、速度がいよいよ六ノットまで低下しており、爆弾一発をさらに喰らった「ワスプ」も、修理に手間取って帰投機の収容には加われなかった。

ただし「ワスプ」は、復旧作業に専念したおかげで正午には速力が二一ノットまで回復した。

残る問題は直掩機《ちょくえんき》の収容だが、迎撃戦闘機隊のワイルドキャットはいまやその数を三二機に減らしていた。かれらもまたガス欠寸前の状態となっていたが、その収容にはようやく「ワスプ」も加わり、同艦に八機、「エンタープライズ」と「ホーネット」にそれぞれ一二機ずつが収容されたのである。

迎撃戦闘機隊の収容が終わると、ブローニングは意を決して進言した。

「ボス、そろそろ潮時です。おそらくジャップはハワイ空襲を断念するでしょう」

そうにちがいなく、ハルゼー中将はこれにしずかにうなずき、まもなく麾下全艦艇に西海岸への引き揚げを命じた。

それはミッドウェイ現地時間で午後零時一五分のことだった。

## 8

午前一一時二八分――。小沢中将は移乗した空母「瑞鶴」の艦上で第二波攻撃隊・村田隊長機の発した『米空母四隻撃破！』の報告を受け、ようやく安堵の表情を浮かべた。

空母「瑞鶴」「飛龍」「蒼龍」は米艦隊の西南西およそ一九五海里の洋上へ軍を進めており、大破した「翔鶴」「赤城」は、四隻の駆逐艦に護られてその西方・約二〇海里に退いている。

とくに「飛龍」「蒼龍」は戦闘力を完全に維持しており、米空母を四隻とも撃破したからにはさらに追い撃ちを掛けて「龍驤」の仇《かたき》を取らねばならない。座乗艦「瑞鶴」も戦闘機の運用は可能だから「飛龍」「蒼龍」の攻撃を支援できる。

三空母の上空へ第一波の攻撃機が帰投し始めたのは午後零時一五分ごろのことだった。驚くべきことに第一波は五四機もの攻撃機を喪失し、その損耗率は三八パーセントに達していた。

三空母は午後零時三五分に第一波の収容を終えたが、帰投して来た八七機も大半がかなりの傷を負っている。

小沢は、損傷機の修理を急がせるとともに、空母「瑞鶴」から一二機の艦攻を発進させた。一二機は朝早くに「龍驤」から索敵に出た艦攻で、「瑞鶴」に収容されていた。そのうちの八機を北東方の索敵に出して米艦隊との接触を保ち、残る四機を「翔鶴」「赤城」の上空へまわして対潜哨戒機とした。

やがて、午後零時五〇分過ぎには第二波の攻撃機も順次、上空へ帰投して来た。

第二波も三九機を失い、損耗率は三二パーセントに達している。帰投して来た八一機を三空母は午後一時一〇分までに収容したが、こちらもまた約半数の機がかなりの損傷を負っていた。

防空用に残した零戦は三九機に数を減らしており、三空母の艦上は今や、二〇七機もの艦載機で溢れんばかりとなっている。

とくに痛みのはげしい六機は海へ投棄することにし、午後一時三〇分の時点で各母艦の搭載機数は、「瑞鶴」が七五機、「飛龍」「蒼龍」がそれぞれ六三機ずつとなっていた。

機数だけみれば三空母は有り余るほどの兵力を有しているが、攻撃に出せる健全な機体はおよそ限られていた。

「日没を考えると、午後二時には第三波を出したいところだが、何機ほど出せるかね？」

太陽はいまだ空高くまぶしいが、午後六時二六分には日没を迎える。小沢がそう訊くと、源田は即答した。

「発進時刻を五分だけ後らせて午後二時五分にしてください。そうすれば索敵に出た艦攻はおおむね二〇〇海里の距離を進出し、敵空母群の正確な位置をつかめます。それまでに第三波として、零戦三〇機、艦爆二四機、艦攻二四機の計七八機を準備します」

すでに敵空母四隻はかなり傷付いており、米軍攻撃隊がもう一度、来襲する可能性はかなり低いと考えられる。

「よし！　それでやってもらおう」

小沢が即座にうなずいて承認をあたえると、予定どおり午後二時五分には第三波攻撃隊の準備がととのった。

第三波攻撃隊／攻撃目標・米空母四隻
空母「瑞鶴」／零戦二四
空母「飛龍」／零戦三、艦爆一二、艦攻一二
空母「蒼龍」／零戦三、艦爆一二、艦攻一二

出来ることなら第四波攻撃隊も出したいが、それはどうやらむつかしそうだった。

一時間半ほど前に索敵に出した艦攻一機から首尾よく報告電が入り、米空母四隻のうちの三隻はすでに二三〇海里以上の遠方へ退いていることが判明した。

この報告が正しいとすれば、第三波が敵艦隊上空へ達するのに二時間ほど掛かり、午後四時過ぎには敵空母との距離が二七〇海里以上に広がっているとみなければならない。

しかも風は依然、南西から吹いており、攻撃隊発進時は敵から遠ざかることになる。第三波でもぎりぎり届くかどうかなので、米艦隊が反転していないかぎり、第四波を出しても攻撃が成功する見込みはなかった。

また、収容した攻撃機のほとんどがいまだ修理中で、第四波を出したとしても、その帰投時刻は日没をすっかり超えることになるだろう。

よって、これが本日最後の攻撃となる。午後二時一七分に第三波攻撃隊の全機が飛び立ってゆくと、小沢中将はかれら攻撃隊の負担を減らすために、北東へ向けての進軍を命じた。

対するハルゼー中将は、日本軍攻撃隊が再び来襲すると予期して、「ヨークタウン」の応援にワイルドキャット二四機を差し向けていた。

そこへ小沢中将の放った第三波攻撃隊が進入して来る。それは午後三時四六分のことだった。

第三波には三〇機の零戦が随伴していたがワイルドキャットの身を挺した迎撃に遭い、攻撃隊は一〇分ほどの空戦で零戦六機、艦爆四機、艦攻六機を失ってしまった。

むろんやられっぱなしではなく、零戦が一一機のグラマンを返り討ちにしたが、第三波は兵力を減殺されただけでなく、思わぬかたちで足止めを喰らってしまった。

この空戦でガソリンも少なからず浪費してしまい、これで第三波攻撃隊は、遠方まで進出しての攻撃がおよそ不可能となり、結局、西方に取り残されていた空母「ヨークタウン」へ殺到せざるをえなかった。太陽もすっかり傾き、時刻は午後四時になろうとしている。

――くそっ！　これ以上、空戦を続けるわけにはいかん！

残るグラマンがなおも捨て身で攻撃を仕掛けて来るので、第三波攻撃隊を率いていた江草少佐はついに東進を断念、眼下の米空母へ攻撃を集中することにしたのだった。

速度がすでに六ノットまで低下していた「ヨークタウン」に日本軍攻撃隊の猛攻をかわすような余力は到底なかった。

午前三時五八分。第三波攻撃隊の残る艦爆二〇機と艦攻一八機が次々と狙う米空母へ殺到、およそ二〇分にわたる攻撃でさらに爆弾六発と魚雷四本を命中させて、空母「ヨークタウン」をついに海上から葬り去ったのである。

バックマスター艦長はほとんど退去するいとまもないまま、艦と運命をともにした。

一九四二年四月一六日（現地時間）に生起したミッドウェイ海戦の結果、帝国海軍は軽空母「龍驤」を失い、空母「瑞鶴」が中破、空母「翔鶴」「赤城」も大破にちかい損害を受けた。

対する米海軍は、空母「エンタープライズ」「ホーネット」「ワスプ」が中破以上の損害を受け、空母「ヨークタウン」を喪失。戦いはおよそ痛み分けの結果となった。

江草少佐は沈みゆく「ヨークタウン」の様子をしっかりと確認してから、午後四時二三分に引き揚げを命じた。

そして、空母「瑞鶴」「飛龍」「蒼龍」は帰投して来た第三波の攻撃機を午後六時二〇分までに収容して、小沢中将は「第二次布哇作戦」の中止を決定、まもなく麾下全艦艇に内地への引き揚げを命じた。

この瞬間、ニミッツ大将の太平洋艦隊は二度目のハワイ空襲を阻止することに成功し、連合艦隊の作戦企図をまんまと挫《くじ》いてみせた。

Ｂ25爆撃機は一機がカウアイ島付近への不時着水を余儀なくされたが、残る一五機はすべてオアフ島・ホイラー飛行場にたどり着いていた。

ルーズベルト大統領もこの結果に満足し側近につぶやいた。

「……花（東京空襲）より団子（オアフ島・基地再建）ということだ……」

オアフ島の米軍航空隊はこれを境にして続々と増強されてゆく。

山口大将の受けた衝撃は計り知れなかった。

# 第五章　第三次布哇《ハワイ》作戦

1

日米両海軍は多くの空母が傷付いて、このあと三ヵ月ほどは機動部隊の再建に専念しなければならなかった。搭乗員や機材の損失も大きい。

捕虜にした米軍パイロットへの尋問により、ミッドウェイを空襲したのは〝米陸軍のB25爆撃機であった〟という事実を、日本側もまもなくして知ることになる。

傷付いた帝国海軍の三空母が内地へ帰投して来たのは四月二五日のことだった。

空母「瑞鶴《ずいかく》」の修理期間は一ヵ月以内と判定されたが、空母「翔鶴《しょうかく》」「赤城」の修理にはたっぷり三ヵ月ほど掛かりそうだった。

とくに「赤城」は飛行甲板・前部が飴のようにひん曲がっており、山口大将も思わず眼を見張るほどに酷《ひど》かった。

八月には攻略を見すえた「第三次布哇作戦」が予定されている。二度目のハワイ空襲は米軍機動部隊の出現によってあえなく阻止されたが、山口多聞大将以下、連合艦隊司令部の面々に〝ハワイの攻略をあきらめる〟というような考えは微塵《みじん》もなかった。

「なんとしても、『赤城』の修理を七月中に終わらせてもらいたい！」

山口は呉工廠にみずから出向いてそう談判したが、それもそのはず。ハワイ攻略にせっかく陸軍が同意したのだから、ここで連合艦隊が弱気になると、その決定が覆りかねない。

――この機を逃すと、二度と陸軍の協力を得られないのではないか……。

そう考えると、「第三次布哇作戦」は断じて予定どおりにやるしかなかった。

戦局は常に流動的であり、米軍の出方によっては、いつ局面が変わらぬともかぎらない。わずかでも実施時期を後らせると、その間に新たな局面が生じて、そちらへの対応に振りまわされ、結局陸軍の協力を得られなくなってしまうというようなことも充分に考えられた。

「釈迦に説法ですが、ハワイの攻略なくして対米戦の勝利はありません！」

首席参謀の黒島亀人《かめと》大佐が真っ先にそう言って山口の背中を押し、参謀長の酒巻宗孝《さかまきむねたか》少将もこれを後押しした。

「時が経てば経つほどオアフ島の復旧は進むのです！　ここは予定どおり八月に実施するしかありません！」

山口もむろんそのつもりであり、統合艦隊司令長官の山本五十六大将もまったく同じ考えにちがいなかった。問題は豪州方面を重視している軍令部だが、山口が先手を打って呉工廠長の渋谷隆太《りゅうた》郎《ろう》（機関）中将から「全力を挙げて七月中に『赤城』を修理してみせます！」との約束を取り付けると、軍令部も計画の変更をもとめてくるようなことはなかった。

それにしても腑《ふ》に落ちないのが、米軍機動部隊がにわかに出現したことだった。

報告によるとミッドウェイ基地は完全に奇襲を受けており、米軍機動部隊は、第二、第三艦隊が同島近くへ進軍して来る、まさにその日を狙って攻撃を仕掛けて来たことになる。いや、これは単なる偶然かもしれないが、山口にはとても偶然だとは思えなかった。

それに米空母が〝四隻も出て来た〟というのも予想外だった。それでも空母数は六対四で普通に戦えば二隻ぐらいは沈められそうなものだが、小沢中将の話によると、敵にすっかり先手を取られたというのだ。

「索敵機を出すのがすこしでも後れていれば、こちらが一方的にやられていたところです。どうも待ち伏せされていたとしか思えません」

小沢がそう言って首をかしげると、山口は口をすぼめて問い返した。

「すると、敵の真の狙いはミッドウェイを空襲することではなく、はじめからわが空母六隻を狙っていた、と申されるのですね？」

「ええ。断言はできませんが、わたしにはそうとしか思えません」

小沢はそう答えたが、これには山口が首をかしげた。

「しかし空母が狙いなら、敵はなぜ、ミッドウェイを空襲してきたのでしょう？」

「それはもちろん、ミッドウェイ航空隊とわが母艦航空隊との挟み撃ちを避けるためにちがいありません。まず飛行場を破壊しておけば、そうした挟み撃ちを（敵は）避けられますから……」

小沢の言うことがもっともなので、これには山口もこくりとうなずいた。

しかし、まだ疑問が残る。

「それならなぜ、敵はもっと早くに飛行場を破壊しておかなかったのでしょう。……敵は、前日にミッドウェイ飛行場を空襲しようと思えばできたはずです」

　すると小沢も、これにはすこしばかり考えてから答えた。

「……むろん推測の域を出ませんが、空母兵力で劣る敵は、純然たる空母戦を挑んでも〝おそらく苦戦を強《し》いられる〟とみたのでしょう。前日にミッドウェイが空襲されれば、われわれは当然、米空母の存在に気づくことになります。それでは純然たる空母戦になってしまう。……言い換えますと、敵はわが空母六隻に不意打ちを仕掛けたかったので、同じ日の朝にミッドウェイ島を奇襲して来たのだと思われます」

　これを聞いて山口もすっかり納得した。

「なるほど……、よくわかりました。聴けば聴くほど、敵が偶然ミッドウェイを空襲して来た、ということはありえない。おそらくわが空母六隻は待ち伏せされていたのでしょう」

　山口がそう応じると、小沢はいかにも真剣な顔付きとなってつぶやいた。

「ひょっとして海軍の暗号は米軍に読まれているのではないでしょうか……」

　すると、ほかの者ならいざ知らず、山口はこのつぶやきにすぐさま同意した。

「いや、じつはわたしもそれを考えていたところです。敵機動部隊の現れたタイミングがいかにも絶妙すぎます」

　小沢も待ってましたとこれに応じる。

「そうです。敵空母があれほどわが方に近づいているとは思いもしませんでした」

「ほう、そんなに接近しておりましたか？」

山口があらためてそう訊くと、小沢は大きくうなずき即答した。

「索敵に出した艦攻が発見したときには、敵空母はもう一八〇海里の距離にまで近づいておりました。これは敵にとってはほぼ理想的な距離で、われわれにとっては近すぎです。……現に敵空母の一部は〝攻撃隊の発進をすでに終えよう〟としておりました」

これを聞いていよいよ山口も確信した。

――わが暗号は米軍に読まれていたのにちがいない！　……それにしてもさすが小沢さん、それだけ後手にまわされていたものを、よく引き分けに持ち込んでくれたものだ……。

口に出してこそ言わないが、先手必勝が空母戦の鉄則だから、山口はしみじみそう思った。


小沢との話し合いを終えるや、山口は軍令部へ黒島大佐を遣わし〝暗号が読まれている可能性が高い！〟と指摘した。ところが、軍令部は〝そんなはずはない！〟との一点張りで、これを決して認めようとしない。

――ちっ、軍令部の石頭め！　肝心なときにまるで頼りにならん！　それならそれで、連合艦隊で独自に対策を講じてやる！

空母「翔鶴」は〝三ヵ月以内に修理可能！〟との回答がすでに横須賀工廠から得られていた。そのため、予定どおり八月に「第三次布哇作戦」を実施できるかどうかは、まさに「赤城」の修理に掛かっていた。

海上護衛総隊の手厚い支援を受けたタンカーが内地へせっせと重油を運んでいるので、それ以外の作戦準備は順調にととのいつつある。

――よし！　是が非でも八月にハワイを攻略してやる！　暗号がもし読まれているとすれば、「第三次布哇作戦」もまた危険極まりないが、連合艦隊はそれを前提にして動き、反対に敵の裏を掻いてやる！

軍令部への説得は時間の浪費でしかなく、山口は、そう決意を固めたのである。

2

なるほど「赤城」以外の作戦準備はきわめて順調に進んでいた。なんといっても空母だが、ここへ来て、改造工事中の空母補助艦が続々と竣工しつつある。

五月三日には空母「隼鷹《じゅんよう》」が竣工し、同型艦の空母「飛鷹《ひよう》」も七月一日には竣工する予定だ。

二隻は準一線級の空母として大いに活躍が期待できるし、ほかにも軽空母「龍鳳《りゅうほう》」が七月中旬には竣工する予定となっている。

さらに、護衛空母「雲鷹《うんよう》」も五月三一日には竣工する予定であり、同じく貨客船改造の護衛空母「冲鷹《ちゅうよう》」も予定を繰り上げ、六月中に改造工事を終えるよう訓令が出されていた。

軽空母「龍驤《りゅうじょう》」の喪失はたしかに痛いが、同じく軽空母の「龍鳳」が竣工すれば、「龍驤」の穴を埋めることができるし、そこへ飛鷹型空母二隻と大鷹型《たいようがた》護衛空母二隻が新たに加われば、空母不足というようなことは決してなかった。

いや、空母不足どころか、空母の数では帝国海軍が米海軍をはるかに上まわっている。護衛空母を除いたとしても帝国海軍は七月中に一二隻もの空母を準備できる。

空母「魁鷹《かいよう》」「翔鶴」「瑞鶴」「赤城」「飛龍」「蒼龍《そうりゅう》」「加賀」「隼鷹」「飛鷹」の九隻と、軽空母「龍鳳」「祥鳳《しょうほう》」「瑞鳳《ずいほう》」の三隻だ。

対する米海軍は、多くても四隻の空母しか準備できないはずだった。空母「サラトガ」「エンタープライズ」「ホーネット」「ワスプ」の四隻だ。

米海軍はほかにも空母「レンジャー」を保有しているが、これを太平洋へ回すと、大西洋に在る米空母はゼロとなってしまう。新規搭乗員を養成する必要上、米海軍が全空母を太平洋へ集中するというようなことはまず考えられず、だとすれば空母数は一二対四と圧倒的に有利で、ハワイを攻略するなら、まさに今しかなかった。

むろん日本の数字には軽空母がふくまれているので単純には比較できないが、機動部隊の兵力は二倍以上と考えて差し支えなかった。

しかも「魁鷹」「翔鶴」「瑞鶴」「加賀」の四空母には七月中に対空見張り用レーダーが設置されることになっている。ただし「加賀」の艦橋は他空母と比べて極端に小さいため、レーダーの設置を機に改飛龍型（雲龍型）空母と同等のものに改められることになっていた。

空母「魁鷹」「加賀」は第一、第三航空戦隊の旗艦である。本来は第二航空戦隊の旗艦「赤城」にもレーダーを設置する予定であったが、「赤城」は修理を優先しなければならず、今回はレーダーの設置を見送らざるをえなかった。

それはやむをえないが、空母を護るべき〝九隻の戦艦〟にもことごとくレーダーが設置されつつある。まずは連合艦隊の旗艦「大和」にレーダーが設置され、戦艦「長門」「陸奥」「比叡」「霧島」「金剛」「榛名」の六隻も五月中に工事を開始した。

戦艦「大和」以下計七隻だが、残る二隻は「伊勢」「日向」ではない。ここへ来て、高速戦艦へ改造中の「山城」がようやくその工事を完了し、七月中の竣工が確実となっていた。

戦艦「山城」にもレーダーを設置してしまおうというのだが、残るもう一隻は、なにをかくそう待望の二号艦・戦艦「武蔵」であった。

二号艦「武蔵」には再三にわたって早期完成の訓令が出されており、六月には事実上、竣工して習熟訓練を開始することになっていた。

軍令部も早くから「武蔵」のハワイ作戦参加を認めており、「大和」「武蔵」がそろい踏みとなれば、その砲力は「第三次布哇作戦」時にすこぶる大きい。航空主兵の世が到来したとはいえ、米海軍も新型戦艦を建造しており、敵戦艦の砲撃から味方空母群を護る絶対的な存在になり得る。

一時期、「武蔵」には司令部設備を充実させようとのうごきもあったが、日米開戦の直前に連合艦隊司令長官に就任した山口多聞大将が、この案を一蹴していた。

「司令部設備は『大和』と同等で充分、それよりレーダーを搭載してもらいたい！」

実際に司令部を置くのはもちろん連合艦隊だから、山口大将の考えに口を差しはさむ者などだれもおらず、「武蔵」には「大和」の次にレーダーが設置されることとなった。

そもそも山口には、両戦艦を特別扱いにする気などさらさらなく、重油さえ足りているなら「大和」「武蔵」といえども前線でどんどん使うつもりでいた。大和型戦艦二隻に対する海軍将兵の信頼度、安心感たるや信仰にちかいほどで、絶対的なものがある。

それは搭乗員連中も決して例外ではなく、緒戦のハワイ作戦では、「大和」が味方空母群のそばに寄り添っているだけで、みなが勇気百倍となって敵地めざして飛んでゆくのを、山口はしかと肌で感じていたのだった。

ところで、速度のおそい伊勢型戦艦二隻は一旦連合艦隊の付属とし、三つの改造案が検討されることになっていた。

第一は空母に改造する案、第二は航空戦艦に改造する案、第三は高速戦艦に改造する案だが、現在、各工廠は空母の建造や損傷艦の修理などで手いっぱい。「伊勢」「日向」の改造はどのみち八月以降にしか着手できない。そこで両戦艦に対する扱い（改造）については、「第三次布哇作戦」が終了してから、あらためて方針が決められることになっていた。

八月の作戦実施へ向けて、空母や戦艦の建造はおおむね順調に進んでいたが、機材の補充や母艦搭乗員の育成も急ピッチで進められていた。

まずは零戦だが、搭載エンジン「栄《さかえ》」の馬力向上型がすでに開発されており、その新型エンジンを用いて零戦に本格的な折りたたみ翼を採用することが年明け早々に決定されていた。

現在主流の零戦二一型は時速二八八ノット（時速・約五三三キロメートル）の最大速度を発揮できるが、最大速度はそのままとし、新型エンジンの馬力向上分を活かして主翼を強化、本格的な折りたたみ翼を採用して母艦への搭載量を増やそうというのがその狙いであった。

そして、新型の「栄二一型」エンジン（離昇出力一一三〇馬力）に換装した零戦は、この三月からすでに量産が始まっていた。

零戦三二型（史実とは異なる）だが、五月末時点ですでに二〇〇機が完成しており、七月中に全部で三三〇機の三二型を生産して、母艦航空隊の戦闘機を八月までに零戦三二型へ統一することが決まっていた。

繰り返しになるが、最大速度はこれまでの零戦二一型と変わらない。が、本格的な折りたたみ翼を採用したことで母艦一隻当たりの搭載機数を六機ほど増やすことができる。これを一二隻の空母で実施すれば、七二機の零戦を増やせるため、「第三次布哇作戦」時に機動部隊は相当な戦力強化を図れるのだった。

そのいっぽうで、新規搭乗員の育成にも拍車が掛かっていた。

五月一日の定期人事で角田覚治《かくたかくじ》少将が中将に昇進した。これまで第三艦隊司令長官を務めていた戸塚道太郎中将がその職を角田中将にゆずり、戸塚中将が練習航空艦隊司令長官に就任して、予科練（海軍飛行予科練習生）の制度がさらに拡充されてゆくことになる。

それまで練習航空艦隊長官を務めていた塚原二《に》四三《しぞう》中将は、同じく五月一日付けで航空本部長に就任し、新規航空隊の開設など、海軍航空行政のあらゆる改革に乗り出そうとしている。

昭和一七年初頭から塚原中将が育成に取り組み育て上げた新米搭乗員らが、半年ちかくにわたる猛訓練に耐えて、ここへ来てようやく一人前になってきた。かれらをまず基地航空隊へ配属して、現在、基地に勤務している実戦経験者を機動部隊へ転属させて母艦航空隊の搭乗員不足を解消しようというのだが、五月にはそれがいよいよ可能になってきた。

対米戦を見すえて海軍は予科練の募集人員を大幅に増やし、その甲斐あって発着艦の技量を持つ操縦員がこの半年ほどで三〇〇名以上も増やされていた。なかでもとくに優秀な六〇名ほどは基地配属の原則を免除し、いきなり空母で勤務させることにした。

それでもなお搭乗員不足が予想されたため、「第二次布哇作戦」の前には、むやみに自爆せず最後の最後まで〝生還をあきらめるな！〟との訓示が連合艦隊から出されていた。

そして、航空本部長となった塚原中将は、今後開発する新型機については防弾を重視するとの方針を示しており、その手始めとして主翼強化型の零戦がまず開発されたのである。

零戦三二型では、急旋回時に〝主翼外板に皺《しわ》が寄る〟という不具合も解消されていた。

3

七月に入ると、母艦搭乗員の技量もめきめき上達し、山口大将も〝これならいける！〟と確信した。開戦前に空母「飛龍」「蒼龍」を率いていたので山口の眼はたしかだ。

空母の建造や修理、機材の補充も順調で、待望の戦艦「武蔵」は習熟訓練をひと通り終えて、土佐沖で四六センチ砲の試射をおこない、漁師らを驚かせていた。

また、呉工廠からは「赤城」の修理も〝二四日には完了する〟との確約が得られていた。

さらに重油の確保だが、七月までに喪失した日本の商船は約二〇〇万トンにとどまり、これは戦前の予想を一〇〇万トンほど下回っていた。

統合艦隊の指揮下に海上護衛総隊を設けておいた成果が表れたといえるが、日本にとって幸運だったのは、この時期、米潜水艦が魚雷不備問題に悩まされていたことだった。魚雷が命中しても不発に終わることが多く、米海軍がこの問題を根本的に解決できるのは一九四三年（昭和一八年）秋以降のことになる。

むろん海上護衛総隊も戦果を上げており、開戦からおよそ七ヵ月が経過した七月はじめの時点で海上護衛総隊は九隻の米潜水艦を撃沈することに成功していた。輸送戦艦「扶桑《ふそう》」や青葉型重巡が産油地まで何度も往復し、「第三次布哇作戦」用の重油はすでに確保され、輸送船やタンカーなども連合艦隊の指揮下へ編入されつつある。

上陸作戦を担当する陸軍・第二師団と第七師団も訓練を終えており、マーシャル基地への移動を開始していた。

空母「赤城」の復旧が確実になると、山口多聞大将は、昭和一七年七月二一日付けで連合艦隊の編制を一新した。

【連合艦隊】　司令長官　山口多聞大将
（米艦隊撃滅）同参謀長　酒巻宗孝少将
〔第一艦隊〕司令長官　山口大将兼務
・第一戦隊　司令官　山口大将直率
　戦艦「大和」「武蔵」「山城」
・第三航空戦隊　司令官　原忠一《ちゅういち》少将
　空母「加賀」「飛鷹」「隼鷹」
・第四航空戦隊　司令官　城島高次《じょうじまたかつぐ》少将
　軽空「龍鳳」「祥鳳」「瑞鳳」
・第八戦隊　司令官　岸福治《ふくじ》少将
　重巡「利根」「筑摩」

・第一一戦隊　司令官　大森仙太郎《せんたろう》少将
軽巡「神通《じんつう》」「那珂」
付属／駆逐艦一二隻
〔第二艦隊〕司令長官　小沢治三郎《じさぶろう》中将
・第一航空戦隊　司令官　小沢中将直率
空母「魁鷹」「翔鶴」「瑞鶴」
・第二戦隊　司令官　栗田健男《たけお》中将
戦艦「長門」「比叡」「霧島」
・第七戦隊　司令官　志摩清英《しまきよひで》少将
重巡「最上」「三隈」
・第一二戦隊　司令官　田中頼三《らいぞう》少将
軽巡「長良」「名取」
付属／駆逐艦一二隻
〔第三艦隊〕司令長官　角田覚治中将
・第二航空戦隊　司令官　角田中将直率
空母「赤城」「飛龍」「蒼龍」

・第三戦隊　司令官　阿部弘毅《ひろあき》少将
戦艦「陸奥」「金剛」「榛名」
・第九戦隊　司令官　西村祥治《しょうじ》少将
重巡「鈴谷」「熊野」
・第一三戦隊　司令官　橋本信太郎少将
軽巡「由良」「鬼怒《きぬ》」
付属／駆逐艦一二隻
〔第七艦隊〕司令長官　三川軍一《みかわぐんいち》中将
・第四戦隊　司令官　三川中将直率
重巡「愛宕《あたご》」「高雄」「摩耶《まや》」
・第五航空戦隊　司令官　上野敬三《けいぞう》少将
護空「雲鷹」「大鷹」「冲鷹」
・第一八戦隊　司令官　松山光治《こうじ》少将
軽巡「天龍」「龍田《たつた》」
付属／駆逐艦一二隻　潜水艦八隻

連合艦隊自前の戦力は第一、第二、第三艦隊だが、オアフ島攻略支援のために中部太平洋艦隊の指揮下から第七艦隊が新たに編入されていた。

周知のとおり南雲忠一《なぐもちゆういち》中将の中部太平洋艦隊は統合艦隊の指揮下に属している。

また、連合艦隊の指揮下へ編入されてはいないが、第六艦隊麾下《きか》の潜水艦一六隻がハワイ方面へ出動し、哨戒任務に就くことになっていた。

ちなみに五月一日付けで、南東方面艦隊（三月一〇日付けで設立）の指揮下には重巡「妙高」「羽黒」を基幹とする第八艦隊が設けられており、第八艦隊はラバウルに司令部を置いていた。

連合艦隊の主力・第一、第二、第三艦隊はマーシャル諸島のブラウン（エニウェトク）環礁から出撃し、ハワイ・オアフ島へ迫ってゆく。

かたや、上陸船団をともなう第七艦隊はマーシャル諸島のクェゼリン環礁から出撃し、オアフ島をめざすことになっていた。

帝国海軍は依然としてミッドウェイ島を確保し続けているが、日本本土からミッドウェイを経由してハワイ方面へ向かうと、その航程は三七〇〇海里にも及び大量の重油を消費してしまう。

しかし、出撃拠点をマーシャル諸島の環礁基地とすれば、その航程は二三〇〇海里程度で済むのでかなりの重油を節約できるのであった。

マーシャル諸島内には艦隊泊地に適した環礁がいくつも点在しており、輸送船やタンカーなどを従えた大艦隊を収容することができる。

「第三次布哇作戦」の作戦目標はいうまでもなくオアフ島を占領することだ。上陸船団への補給なども考えると、今回は全部隊をマーシャル諸島から出撃させるしかなかった。そうすれば進軍中の洋上給油は一回で済み、タンカーの隻数をかなり減らせる。

ただし、マーシャル諸島から出撃すると、そのゆく手にはジョンストン島が立ちはだかっているため、まずはジョンストンの敵飛行場を破壊しておく必要があった。

作戦に参加する全艦艇が七月三一日までにマーシャル諸島内の環礁基地で集結することになっている。

連合艦隊麾下の各艦艇は、七月二三日から順次内地を出港し、まずはマーシャル諸島をめざしたのである。

山口多聞大将は引き続き「大和」に将旗を掲げており、戦艦「大和」は二四日・午後一時過ぎに柱島泊地から出港した。

# 第六章　新連合艦隊出撃

## 1

護衛の駆逐艦四隻を従え、ブラウン環礁にしんがりで入港して来たのは、角田覚治中将の将旗を掲げる空母「赤城」だった。

二四日に修理を完了した「赤城」は、その日のうちに艦載機の発着艦テストを済ませて、重油と機材の補充をおこない、二五日・夕刻に柱島泊地から出港した。

入念に対潜警戒態勢を執りつつ、「赤城」はトラック基地を経由せずにブラウン環礁へ直行、予定どおり七月三一日・早朝に「大和」の待つ錨地へ入港して来た。

空母「赤城」もまた七三機の艦載機を満載しており、ほかの空母と同様、その艦上では零戦や艦爆、艦攻がひしめき合っている。「赤城」を加えて一二隻もの空母が礁湖内で整然と並ぶ姿はまさに壮観だった。

これで、護衛空母を除くすべての空母がブラウン環礁でそろい踏みとなり、近くには「大和」「武蔵」をはじめとする戦艦九隻の姿も在った。その大口径砲が周囲を圧している。

第三艦隊の旗艦「赤城」を戦列に加えて、連合艦隊主力（第一、第二、第三艦隊）の航空兵力はいよいよ七〇〇機以上に達していた。

連合母艦航空隊　指揮官　小沢治三郎中将
【第一航空戦隊】第二艦隊／小沢中将直率
空母「魁鷹」　搭載機数・計六五機
（零戦二七、艦爆一八、艦攻一八、艦偵二）
空母「翔鶴」　搭載機数・計七九機
（零戦三三、艦爆二七、艦攻一八、艦偵一）
空母「瑞鶴」　搭載機数・計七九機
（零戦三三、艦爆二七、艦攻一八、艦偵一）
【第二航空戦隊】第三艦隊／角田中将直率
空母「赤城」　搭載機数・計七三機
（零戦二七、艦爆一八、艦攻二七、艦偵一）
空母「飛龍」　搭載機数・計六四機
（零戦二七、艦爆一八、艦攻一八、艦偵一）
空母「蒼龍」　搭載機数・計六四機
（零戦二七、艦爆一八、艦攻一八、艦偵一）

【第三航空戦隊】第一艦隊／原忠一少将
空母「加賀」　搭載機数・計七九機
（零戦三三、艦爆一八、艦攻二七、艦偵一）
空母「飛鷹」　搭載機数・計五五機
（零戦二七、艦爆一八、艦攻九、艦偵一）
空母「隼鷹」　搭載機数・計五五機
（零戦二七、艦爆一八、艦攻九、艦偵一）
【第四航空戦隊】第一艦隊／城島高次少将
軽空「龍鳳」　搭載機数・計三三機
（零戦二一、艦爆六、艦攻六）
軽空「祥鳳」　搭載機数・計三一機
（零戦二一、艦攻九、艦偵一）
軽空「瑞鳳」　搭載機数・計三一機
（零戦二一、艦攻九、艦偵一）
※零戦はすべて三二型、艦偵は二式艦偵

第一、第二、第三艦隊を合わせた母艦航空隊の兵力は零戦三二四機、艦爆一八六機、艦攻一八六機、二式艦偵一二機の計七〇八機。

マーシャル諸島のブラウン環礁に終結した連合艦隊の主力は今や、戦艦九隻、空母九隻、軽空母三隻、重巡六隻、軽巡六隻、駆逐艦三六隻の総計六九隻をかぞえる大兵力となっていた。

いや、それだけではない。三つの艦隊にはそれぞれタンカー四隻ずつが補給部隊として随伴してゆく。それらタンカー一二隻を数に加えると、ブラウンから出撃してゆく艦艇の総数は八一隻にもなるのであった。

いっぽうそのころ、同じマーシャル諸島内のクェゼリン環礁では、第七艦隊を基幹とするハワイ攻略部隊の艦艇も集結を終えていた。その兵力は重巡三隻、軽巡二隻、護衛空母三隻、駆逐艦一二隻、潜水艦八隻の計二八隻だが、それに上陸部隊を乗せた五二隻の輸送船と八隻のタンカーを加えると、クェゼリン環礁から出撃する艦艇の総数も八八隻に達していた。

そして、三隻の護衛空母にも合わせて七二機が搭載されていた。

ハワイ攻略部隊　指揮官　三川軍一中将

【第五航空戦隊】第七艦隊／上野敬三少将

護空「雲鷹」　搭載機数・計二四機
（零戦一二、艦爆六、艦攻六）

護空「大鷹」　搭載機数・計二四機
（零戦一二、艦爆六、艦攻六）

護空「冲鷹」　搭載機数・計二四機
（零戦一二、艦爆六、艦攻六）

こちらの零戦はすべて二一型だが、護衛空母三隻の搭載機もふくめると、連合艦隊は「第三次布哇作戦」に全部で七八〇機の艦載機を動員しようとしていたのである。

「長官。クェゼリンでは第七艦隊以下の全艦艇が終結を完了しております。……『赤城』の給油も予定どおり、明日（八月一日）の午前一〇時には完了いたします」

連合艦隊の旗艦・戦艦「大和」の艦上で、参謀長の酒巻宗孝少将がそう報告すると、山口大将は大きく〝よし！〟とうなずいてみせた。

2

真夏の強烈な日差しを受けて、ブラウン環礁の湖面がきらきらと静かに輝いている。

太陽は高くまぶしいが、今から世紀の大作戦が始まるとは思えないほどの静けさだった。

二度目のハワイ空襲が失敗に終わり、それからすでに三ヵ月以上が経過している。その「第二次布哇作戦」で敵の主力空母「ヨークタウン」を沈めたのはよかったが、米軍はこの三ヵ月ほどでオアフ島の飛行場をすっかり復旧しているのにちがいなかった。

残る米空母は四隻。それもほぼまちがいのないところだが、今回は、それら米空母とオアフ島の米軍基地航空隊を同時に相手にしなければならない。米軍がオアフ島にどれほどの航空兵力を配備しているか、それは正確にはわからないが、ミッドウェイ配備の二式飛行艇が定期的にオアフ島へ飛んでおり、大量の陸海軍機が配備されつつあることは確かだった。

——空母機もふくめると、おそらく一〇〇〇機は下らないだろう……。

山口としてはそう覚悟せざるをえなかった。だとすれば、味方空母の搭載する七〇八機は、敵の七割程度にしかすぎない。

攻撃側の連合艦隊が守備側の七割程度の兵力に甘んじているのだから、常識で考えると到底、勝ち目はない。

なるほどむちゃな作戦かもしれないが、この機を逃せば、米軍は大量の空母を完成させて、オアフ島の基地航空隊もますます増強されてゆくのにちがいなかった。

——だから今やるしかない！　空母兵力で圧倒しているこの機を逃せば、オアフ島を攻略できるような機会は、もはや二度とおとずれることがないだろう……。

ただし、勝算がないわけではない。

米軍機動部隊とオアフ島航空隊の連携を上手く分断することができれば、それぞれを各個撃破できる。空母兵力では米軍をすっかり圧倒しているし、基地航空隊には移動の自由が利かないという大きな弱点がある。

その点を突けば、必ず勝機を見いだせるにちがいなかった。そして、敵を分断するための手立てを山口はきっちりと考えていた。

計画では、日本時間の八月一日にブラウンを出撃し、ハワイ時間の八月六日にジョンストン島を空襲、二日後の八日にオアフ島を空襲することになっている。しかし、伝達されたオアフ島空襲日の〝八月八日〟というのはじつは欺瞞であり、連合艦隊麾下《きか》の各司令官、各艦長はそれに〝二日をプラスする〟と承知していた。

むろん八月八日という攻撃日（ハワイ時間）は軍令部にも〝わざと知らせて〟おいたが、山口は正式なオアフ島攻撃日に付いては連合艦隊が洋上進軍中に〝独自に決定する！〟として、軍令部もそれを承認していたのである。

連合艦隊の首席参謀は引き続き黒島亀人大佐が務めている。じつは「第三次布哇作戦」の策定に当たって、山口は一度、黒島の計画した作戦案を却下していた。

黒島は小沢・第二艦隊と角田・第三艦隊を〝ミッドウェイ方面から進軍させる〟という計画を立案していたが、山口がこれに難色を示したのだ。

「第一艦隊はブラウンから出撃するのに、第二艦隊と第三艦隊は内地からミッドウェイ経由で進軍させるのか？」

「はい。そうすれば、万一、米軍機動部隊がミッドウェイ方面に現れたとしましても、第二艦隊と第三艦隊でミッドウェイを防衛しつつ進軍させられます」

黒島はそう答えたが、山口は即座に反論した。

「それはよくない！　兵力の分散は古来の兵法が戒めているところだ。……第二艦隊、第三艦隊も第一艦隊と同様に、ブラウン環礁から出撃させるべきだろう！」

「……ですが、作戦中にミッドウェイ基地を突かれますと、厄介なことになります」

「きみは、海軍の暗号が〝米軍に読まれている可能性が高い〟ということをわすれたのか？　第二艦隊と第三艦隊はまたもや待ち伏せされるぞ。……いや、今度はその逆で、第一艦隊と第七艦隊が待ち伏せされるかもしれん！」

山口の言うとおりだった。第二、第三艦隊の主力空母を欠いた状態で、味方上陸船団が敵艦載機から空襲を受けるようなことがあると、それこそ攻略作戦自体が頓挫する。

それでも黒島が黙っているので、山口がしかたなく続けた。

「作戦中にミッドウェイを突かれたら、そんなものは米軍にくれてやればよい！　米軍機動部隊がミッドウェイ攻撃に熱中しているあいだ、こちらは全軍でブラウンから押し出して、オアフ島の米軍航空隊を根絶やしにしてやる！　とにかく空母兵力ではこちらが圧倒的に有利なのだから堂々と押し出せばよい！　それを奇をてらって分散するなど、敵に塩を送るにも等しい愚行だ」

たしかに黒島は、ミッドウェイの失陥を過度に気にしすぎていた。

そのことを山口に指摘され、黒島は今はじめてみずからの過《あやま》ちに気が付いた。

「……すみません。『第二次布哇作戦』での失敗をわたしは忘れていたようです……」

そのとおりだった。四月の戦いでも角田少将の第三航空戦隊が一緒にミッドウェイ方面へ出撃しておれば、味方は完全にちかい勝利をおさめていたのにちがいなかった。それを軍令部の横やりで南太平洋方面へ派遣したのがそもそものまちがいだった。

黒島がみずからを責めるようにして、あまりに落胆しているので、山口もすこしかわいそうになってきた。

「いや、ミッドウェイからは二式飛行艇の部隊が出撃するから、同島を失いたくない、というきみの気持ちはわからないでもない……」

「……だがな、敵機動部隊がミッドウェイに掛かってくれるなら、鬼の居ぬ間にオアフ島飛行場を平らげることができる。ミッドウェイを失うことよりも、味方空母を分散せぬことのほうがもっと大事なんだ」

これを聞いて黒島は完全に納得し、連合艦隊の全艦艇をマーシャルから出撃させることに計画を改めたのである。

角田中将の旗艦・空母「赤城」は、予定どおり八月一日・午前一〇時に給油を完了した。それはブラウン現地時間で一日・正午のことで、太陽はもはや空高く昇り、燦々《さんさん》と輝いていた。

出撃準備〝完了！〟の報告を受けるや、山口大将は即座に「第三次布哇作戦」の決戦を発動して作戦開始を命じた。

その命令を受け、泊地や陸上基地からは対潜哨戒任務をおびた九七式飛行艇、一式陸攻が一斉に舞い上がった。

同時に、礁湖内で碇泊中の全艦艇が静けさをうち破り、一斉にエンジンを始動する。

旗艦「大和」も他艦と同様にエンジンを始動して、そのメイン・マストには、今、Z旗が高々と掲げられた。

そして、時計の針が午前一〇時三〇分（日本時間）を指すと〝出撃〟を示す信号旗が「大和」のマストにするすると昇り、第二艦隊・第一二戦隊の軽巡「長良」「名取」を先頭にして、連合艦隊の戦艦や空母などが続々とブラウン環礁から出港し始めた。

上空には千切れ雲がただよう程度で、絶好の出撃日和だ。波もいたって静かである。

ブラウン環礁のラグーンは、直径・約三五キロメートルのほぼ円形を成しており、南側に幅一〇キロメートルほどの水路が開口している。これを帝国海軍は〝南水道〟と呼んでおり、そこには敵潜水艦の進入を防ぐための防潜網がしっかり張られていた。水深が充分なため、巡洋艦以上の艦はこの南水道から出撃してゆくことになる。

最も警戒を要するのは敵潜水艦の出現だが、軽巡「長良」「名取」は無事に水路を抜けて、外洋へ打って出、南水道近くで遊弋《ゆうよく》、すでに対潜警戒の目を光らせている。

そこへ、東水道から出撃した駆逐艦がつぎから次へと合流してゆき、万全の警戒態勢が築かれてゆく。上空では当然、飛行艇なども目を光らせており、時折り低空にまで舞い降りて、いちはやく異変を察知しようとしていた。

敵潜水艦の気配はなく、今、小沢中将の将旗を掲げた第二艦隊の旗艦「魁鷹」が太平洋へ打って出た。

時刻は現地時間でちょうど午後一時になろうとしている。翔鶴型空母二隻も「魁鷹」に続き、戦艦「長門」「比叡」「霧島」も午後一時一五分には無事出港して行った。

続いて第三艦隊が出港を開始し、角田中将の座乗艦「赤城」も午後一時三〇分には外洋へ打って出た。対空レーダーの設置こそ間に合わなかったが、後続する三戦艦「陸奥」「金剛」「榛名」はいずれもレーダーを搭載している。

まもなく第三艦隊も午後一時四五分には出港を完了し、いよいよ「大和」が始動し始めた。

その直前をまさに今、空母「加賀」がゆっくりと横切ってゆく。

「加賀」の艦橋は巨大化して、その頂部にはレーダーも設置されていた。原忠一少将の将旗がマストにはためき、幕僚らも一新。艦橋が大きくなっただけなのに印象ががらりと変わって、「加賀」は以前より威風堂々として見えた。

その後方には「飛鷹」「隼鷹」もぴたりと続いている。「飛龍」「蒼龍」に劣らぬ艦影が、旗艦「加賀」の雄姿をいっそう引き立てていた。

ほどなく「大和」「武蔵」も錨鎖《びょうさ》の巻き上げを完了、速力一二ノットで南水道へ向かった。その後方には戦艦「山城」も続いている。

高速戦艦として生まれ変わった「山城」は、いざとなれば二九・六ノットの速力を発揮できるのだから頼もしい。「大和」「武蔵」より二ノット以上も優速だから、最後まで空母群を護りとおせるのは「山城」かもしれなかった。

巨大戦艦「大和」「武蔵」は左右両舷の副砲六門を撤去して高角砲一二門を増設しており、高速戦艦「山城」も主砲二門と副砲六門を撤去して、高角砲を全部で一六門も装備していた。

三戦艦の先頭を切って「大和」がまず南水道へ進入してゆく。艦橋頂部にはいずれも対空見張り用レーダーが輝いて見える。

その上空を、たった今、一機の九七式飛行艇が覆いかぶさるように飛び過ぎて、ひときわ厳重に洋上へ目を光らせた。

水路の出口付近では数隻の駆逐艦が行ったり来たりしているが、敵潜水艦が現れるような様子はまったくなかった。

そして午後二時一五分。第一艦隊・第一一戦隊の軽巡「神通」「那珂」をしんがりにして、連合艦隊の全艦艇が太平洋へ打って出た。

補給部隊のタンカー一二隻も第一艦隊に続いてすでに出港している。

連合艦隊が出港を完了したのは日本時間で八月一日・午後零時一五分のこと。それはハワイ・ホノルル時間で七月三一日・午後四時四五分のことだった。

やがて、戦艦「大和」以下の全艦艇が一六ノットに増速、南西へ針路を執りつつ三つの輪形陣を形成し始めた。各艦の呼吸はぴったりで、陣形はすぐにととのったが、艦隊はなおも南西に針路を執り続けている。

日没までは疑似針路を執り続け、近海にひそんでいるかもしれない敵潜水艦の眼を〝ごまかしてやろう〟というのだ。大艦隊の出撃だから、いつ敵潜水艦に発見されてもおかしくない。

警戒しすぎるということはなかった。

そして、午後六時五〇分過ぎにどっぷり日が暮れると、山口大将は麾下全艦艇に対して東北東への変針を命じ、戦艦九隻、空母一二隻を基幹とする連合艦隊の主力が、まずはジョンストン島沖をめざして、いよいよ本格的な進軍を開始したのである。

「敵潜水艦はいっこうに出て来ませんな……」

東北東への変針を終えるや酒巻参謀長がそうつぶやいたが、山口もそのことをかえってぶきみに感じていた。

しかし、針路を東北東に執ったあともいっこうに敵潜水艦が現れるような気配はなく、戦艦「大和」以下の艦艇は、ブラウン環礁の東北東およそ一一〇海里の洋上へ達したところで、八月二日の日の出を迎えた。連合艦隊はちょうど昇る朝日へ向けて進軍しているような格好だ。

いつになく日の光がまぶしい。

現地時間で時刻はちょうど午前七時になろうとしており、山口がちらっと時計を見たその直後のことだった。

通信参謀が艦橋へ駆け込み報告した。

「今しがた、きわめて高い感度で敵艦の発した電波を傍受しました！　内容は不明ですが、かなりの長文です。……おそらく、近海にひそんでいた敵潜水艦が発したものと思われます！」

ブラウン発進の飛行艇などが今日も艦隊上空をカバーしていたが、先刻「大和」「武蔵」の上空へ来着したばかりで、いずれの機からも敵潜水艦を発見したとの通報はなかった。

ちなみに、連合艦隊主力との接触に成功したのは米潜水艦「グリーンリング」だったが、同艦は発信後ただちに潜航していた。


——やはり来たか……。

敵潜水艦の出現を予期していた山口は、通信参謀の報告にこくりとうなずき、あらためて自身に言い聞かせた。

——これで敵は、われわれの出撃を察知したのにちがいない！　米軍機動部隊は必ずハワイ近海で待ち伏せしているぞ！


いっぽう、第七艦隊以下のハワイ攻略部隊もまた、ほぼ一日後れでクェゼリン環礁から出撃したということが判明した。

八月二日・午後三時（現地時間）にクェゼリン基地の発した報告電を、「大和」が直接、受信したのだった。

通信参謀がそのことを報告すると、山口はしずかにうなずいてみせた。

——おそらく三川さんも、うまくやってくれるにちがいない……。

およそ二五時間後れの出港だが、大船団をかかえる第七艦隊は、平均速力一〇ノットで進軍して来ることになっていた。

万事問題はなく、「第三次布哇作戦」はすべてが計画どおりに進みつつある。

決戦の時は刻一刻と近づいていた。

# 第七章　米機動部隊出撃

1

「ミッドウェイ海戦」を戦い終えて、アメリカ海軍の三空母がサンディエゴに帰投して来たのは四月二三日のことだった。

空母三隻はいずれも魚雷を喰らっており、サンディエゴで応急修理を受けたのち、シアトル近郊に在るブレマートンの海軍工廠で本格的な修理をおこなう必要があった。

ブレマートンではすでに「サラトガ」が修理を受けていたので、同時に四隻もの空母を同地で修理することになる。さしものアメリカ海軍といえども一朝一夕にはいかず、空母「エンタープライズ」「ワスプ」の復旧に二ヵ月を要し、魚雷二本を喰らった「ホーネット」の修理には三ヵ月を要すると判定された。

稼働空母が一気にゼロとなり、ニミッツは気が気でなかった。エセックス級空母の竣工が待ち遠しいが、日本海軍も同じく機動部隊の立て直しに躍起となっていたので事なきを得た。

五月二五日に「サラトガ」がまず修理を完了して、サンディエゴへもどって来ると、ニミッツはようやく息を吐いた。

――これで新規パイロットの発着艦訓練をまともに実施できる……。

先の空母決戦ではアメリカ海軍もおよそ一五〇機を失い、大量の搭乗員を亡くしていた。太平洋艦隊にとっては新規パイロットの育成が急務となっている。

とても反転攻勢を採り得るような状況ではないが、悪いことばかりではない。

空母「ヨークタウン」を失ったのは痛いが、オアフ島各飛行場の復旧工事は加速度的に進みつつある。

また、ＴＢＤデヴァステイター雷撃機はゼロ戦に対してまったく歯が立たず、航続力も決定的に不足しているという欠点を先の海戦で露呈していたが、その後継となるＴＢＦアヴェンジャー雷撃機が実戦配備にこぎつけ、修理完了後に四隻の空母はいずれも新型のアヴェンジャーを搭載できる目処が立っていた。

ＴＢＦアヴェンジャー雷撃機は雷装時の攻撃半径が二〇〇海里程度あり、とくに防御力がかなり改善されている。同機が「ミッドウェイ海戦」に間に合っておれば、日本軍の主力空母を一隻ぐらいは撃沈できた可能性が高かった。

アメリカ海軍機動部隊はこれまで雷撃機の性能で日本海軍に大きく後れを取っていたが、ＴＢＦアヴェンジャーの配備でその弱点を補うことができ、次の海戦では大いに日本軍主力空母の撃沈を期待できる。

とはいえ、空母不足はまったく解消されておらず、次の決戦が待ち遠しいというほどの期待感はニミッツ自身にもない。空母不足がすっかり解消されるのは一九四三年秋以降のことだから、それまではなんとか日本軍の攻勢を凌いで、ハワイを持ちこたえるしかなかった。

それにはオアフ島の復旧を急ぐ必要がある。

幸い主要な飛行場が五月中に復旧を完了し、ホイラー、ヒッカムをはじめとする航空基地には、五月末の時点で二五〇機以上の陸海軍機が配備されていた。

ガソリンや爆弾なども順次、備蓄が増やされてゆき、六月に入ると、海兵隊機もエヴァ飛行場へ進出して来た。同時にフォード島基地にはカタリナ飛行艇二四機も到着しており、六月中旬以降は本格的な哨戒活動を開始した。

それだけではない。B17爆撃機がアメリカ本土から自力でヒッカム飛行場へ飛んで来るようになり、六月末にはオアフ島配備の陸海軍機は四五〇機を超えるまでに兵力が回復していた。

「オアフ島のわが航空兵力は来月（七月）末には確実に六五〇機を超えます」

幕僚の報告にニミッツはうなずいたが、太平洋艦隊をパールハーバーへ進出させるのは、いまだ時期尚早だった。

飛行場の復旧を優先したので港湾施設のほうは工事が遅れている。六月に入って、ようやく貯油施設や艦隊泊地の工事が本格化し始めたが、工廠の復旧や破壊された戦艦などのサルベージ作業はいまだ手付かずの状態だった。

緒戦の〝パールハーバー奇襲〟で大破した戦艦八隻のうち、「メリーランド」と「テネシー」の二隻は、がれきを撤去したあと、六月中旬になってようやく自力での移動が可能になった。

しかし、それ以外の「ペンシルヴァニア」「アリゾナ」「ウエストヴァージニア」「オクラホマ」「カリフォルニア」「ネヴァダ」の六戦艦は結局〝修理不能〟と判定されて解体処分が決まった。

半年以上にわたって湾内で放置されていたので海水による浸食がはなはだしく、強引に修理を実施しても原状復帰はむつかしいと判断されたのだった。また唯一、入渠《にゅうきょ》していた「ペンシルヴァニア」は海水の浸食を受けていなかったが、同艦がドックに鎮座しているだけで工廠復旧の妨げとなるため、「ペンシルヴァニア」もまた、解体されることが決まった。

これら旧式戦艦などの残骸が撤去されるまではむやみに主力空母や新型戦艦をパールハーバーへ進出させるわけにはいかなかった。太平洋艦隊の主力がいま進出してしまうと、水路の安全を確保できないだけでなく、撤去作業の妨げとなるのが眼に見えていた。

「残念ながら……、艦隊を充分やしなえるほどには、重油の備蓄もありません」

参謀長のドレーメル少将がそう進言すると、ニミッツも渋い表情でこれにうなずいた。

2

ところでハルゼー中将だが、先の海戦から帰還したその姿を見て、ニミッツは目をまるくした。

——いつもよりあきらかに痩せている。

熱もあるようなので、ニミッツが念のため病院へ行くように促したところ、ハルゼーは皮膚炎を患《わずら》っていた。

五ヵ月ちかくにわたる海上勤務がたたったのにちがいなく、医者の指示によりハルゼーは当面のあいだ入院することになった。

「もうすこしでもおそければ、皮膚病はもっと悪化していたことでしょう」

医者の言うとおりで、早めに受診したおかげで病状の悪化を防ぐことができ、ハルゼーの患いは二ヵ月ほどで完治しそうだった。

それでも入院を嫌がったので、ニミッツはそっぽを向いてきつく言い渡した。

「これは命令だ！『エンタープライズ』と同様に二ヵ月ほどドッグ入りしてもらおう。……ビッグE（エンタープライズ）も修理中だから、ここはゆっくり静養したまえ……」

そう諭《さと》されて、ハルゼーもしぶしぶうなずいたのだった。

はたして、六月初旬に腹心のブローニングが見舞いに訪れて「六月二〇日には『エンタープライズ』が修理を完了します！」と耳打ちすると、その翌日から、ハルゼーの病状がみるみる回復していった。

「この分ですと、ハルゼー中将は六月二〇日には退院できるでしょう」

医者からそう聞かされて、ニミッツは苦笑いを禁じえなかった。かれは名医にちがいなく、その宣告どおり、空母「エンタープライズ」が修理を完了した、ちょうどその日に、ハルゼーは退院を許されて、迎えに来たニミッツの眼をまじまじと見すえて訊いた。

「エンプラは、退院しましたか？」

「ああ。明後日（六月二二日）にはサンディエゴへ回航されて来る」

そして当日、埠頭の先端で到着を待ち、真っ先に「エンタープライズ」のラッタルを駆け上ってゆくハルゼーの姿を見て、ニミッツは思わず作戦参謀のマクモリスにつぶやいた。

「まるで〝赤兎馬《せきとば》と関羽《かんう》〟だな……」

要領を得ないマクモリスが首をかしげると、それを見てニミッツがさらにつぶやいた。

「おれでないと『エンタープライズ』は乗りこなせない、ということなのだろう……」

ハルゼー中将も、空母「エンタープライズ」も今や完全に復帰を果たし、人艦ともに以前より鋭気溌溂《はつらつ》として見えたのが、ニミッツにはふしぎでならなかった。

さらに、空母「ワスプ」も六月二五日に修理を完了して、二八日・正午過ぎにはサンディエゴへ回航されて来た。

これで、作戦可能な空母は「サラトガ」「エンタープライズ」「ワスプ」の三隻となり、こうなると俄然《がぜん》、ニミッツにも欲が出てきた。

――できることなら、ミッドウェイを早めに奪還しておきたい！


同島を日本軍に占領されているのはハワイに刃《やいば》を突き付けられているのにも等しい。ニミッツがそう考えるのは当然だったが、冷静になってよく考えてみると、ミッドウェイの奪還に乗り出すのは、やはり時期尚早だった。

敵島嶼《とうしょ》基地への上陸となればいよいよ海兵隊の出番だが、第一海兵師団は九割方の訓練をすでに終えていたものの、本格的な作戦を実施するにはすくなくとも準備に一ヵ月ほど掛かり、八月まで待つ必要があった。

また、母艦航空隊の練度も充分ではない。「サラトガ」一隻でこれまで訓練を実施してきたが、そこへ「エンタープライズ」と「ワスプ」を加えて訓練を継続する必要がある。訓練不足の二空母をいきなり実戦に動員するのは、どう考えても勇み足にちがいなかった。

しかも、「ホーネット」も七月二五日には修理を完了すると報告されていた。七月下旬までのおよそ一ヵ月間は母艦航空隊の訓練に徹し、三空母でホーネット搭載機の訓練も実施しておくべきだった。八月になれば第一海兵師団が作戦可能となる上に、空母四隻の布陣でミッドウェイ島の奪還に乗り出せるのだ。

——やはりもう一ヵ月、待つしかない！

一度はそう結論付けたが、予定より早く「ホーネット」の修理が七月二〇日に完了し、またしても欲が出てきた。

——今すぐ攻略に乗り出せば、ミッドウェイ島を奪還できるのではないかっ！

ニミッツがそう考えるのも当然で、機動部隊の戦力はたしかに充実していた。

第一六任務部隊　指揮官　ハルゼー中将
・空母「エンタープライズ」　搭載機八二機
（戦闘機三二、爆撃機三六、雷撃機一四）
・空母「ホーネット」　搭載機八二機
（戦闘機三二、爆撃機三六、雷撃機一四）
・戦艦「サウスダコタ」
・第六巡洋艦群　スプルーアンス少将
　重巡「ニューオリンズ」「ミネアポリス」
　重巡「ヴィンセンス」「ポートランド」
・警戒駆逐艦群／駆逐艦八隻
第一七任務部隊　指揮官　フレッチャー中将
・空母「サラトガ」　搭載機八二機
（戦闘機三二、爆撃機三六、雷撃機一四）
・空母「ワスプ」　搭載機七六機
（戦闘機二八、爆撃機三六、雷撃機一二）
・戦艦「インディアナ」

・第四巡洋艦群　キンケイド少将
　重巡「サンフランシスコ」「アストリア」
　重巡「インディアナポリス」「シカゴ」
・警戒駆逐艦群／駆逐艦八隻
第六四任務部隊　指揮官　W・A・リー少将
・戦艦「ワシントン」「ノースカロライナ」
・第五巡洋艦群　N・N・スコット少将
　重巡「ノーザンプトン」「ペンサコラ」
　軽巡「アトランタ」「ジュノー」
　軽巡「サンファン」「サンディエゴ」
・警戒駆逐艦群／駆逐艦六隻

　空母四隻の搭載する航空兵力は、F4Fワイルドキャット戦闘機一二四機、SBDドーントレス急降下爆撃機一四四機、TBFアヴェンジャー雷撃機五四機の計三二二機となっている。

　航空兵力は四月の決戦時より四〇機ちかくも増えていたし、基地攻撃が任務なら航空隊の練度も充分にちがいなかった。

　しかも六月以降、機動部隊の指揮下には「ワシントン」「ノースカロライナ」「サウスダコタ」「インディアナ」の四戦艦が加わっており、これら新鋭戦艦の機動部隊編入もじつに心強い。

　四戦艦はいずれも二七ノット以上の速力を発揮でき、万一、砲撃戦が生起した場合には、「サウスダコタ」「インディアナ」の二戦艦も第六四任務部隊の指揮下へ入って、ウィリス・A・リー少将が指揮を執ることになっていた。

　もちろん機動部隊全体の指揮はハルゼー中将が引き続き執るが、フランク・J・フレッチャーも七月二五日付けで中将に昇進することが決まっていた。

とにかく味方機動部隊の戦力は以前にも増して充実している。年内（エセックス級空母が竣工するまでは）最高の布陣といっていいだろう。

　問題は敵機動部隊の動向だが、いまだ日本側にそれらしい動きはなく、ここは思い切って先手を打ち、空母四隻で一気呵成に反転攻勢を仕掛ければ、ミッドウェイをなんとか〝奪還できるのではないか……〟と思われた。

　そこでニミッツがみずから奪還計画を打診したところ、第一海兵師団を率いる猛将アレクサンダー・A・ヴァンデグリフト少将は、現在アメリカ本土各地に分かれて訓練している各連隊を二七日までにサンディエゴへ集結させて、ミッドウェイ上陸用の演習を四日間のみ実施して「七月三一日には作戦可能にしてみせます！」と、鼻息を荒くしたのだった。

　ヴァンデグリフトの口から望みどおりの回答を得たニミッツは、ただちに作戦会議を招集しようとしたが、ふと考えなおして情報参謀のレイトンをまず呼び付けた。

　それは七月二二日・昼前のことだったが、レイトンはいかにも眠そうな顔つきで、眼を真っ赤にはらしてニミッツの部屋へやって来た。

　それはよくあることなので、ニミッツは一切かまわず要件を切り出した。

「日本軍機動部隊になにか変わった動きはないかね？」

　ミッドウェイ奪還へ乗り出す前に〝これだけは確かめておかねばなるまい！〟と思い、レイトンをまず呼び出したのだが、いきなり核心を突いたニミッツの質問を受け、レイトンはいかにもふしぎそうな顔つきで目をまるくした。

「よ、よくご存じで……。じつは空母にかぎらず日本の艦隊全体に不穏な動きがありまして、もうすこし確度の高い情報を得てから、長官に報告しようと思っていたところです」

　すると、これを聞いてニミッツの表情が一気にくもり始め、舌打ちしながらニミッツはレイトンに水を向けた。

「かまわん！　確度が低かろうが、きみが感じたとおりのことをすっかり話してみたまえ」

　それではということで、レイトンはおもむろに口を開いた。

「大作戦の兆候です！　タンカーや輸送船の一部はすでにマーシャルをめざしており、一両日中に空母や戦艦などもみな動き出すでしょう」

　そう前置きした上で、レイトンは一呼吸おいてぼそりとつぶやいた。

「敵は……、ハワイに来ると思われます」

　じつはニミッツも〝そうではないか〟と疑っていた。が、いざ、レイトンからそれを告げられてしまうと、まるで死刑宣告を受けたような気分にさせられた。

　無理もない。先ほどまで〝ミッドウェイを奪還してやろう！〟と気持ちが前のめりになっていただけに、いきなり急ブレーキを踏まれたような感覚に襲われ、さすがのニミッツもすぐには気持ちを切り替えられない。

　あまりの落胆ぶりにレイトンのほうが驚かされたぐらいだが、ニミッツがようやくひと息吐いてレイトンに確認をもとめた。

「ハワイというのは……確か、かね？」

　すると、今度はレイトンも勇気をふりしぼって答えた。

「おそらく空母や戦艦などもマーシャル諸島内で集結するものと思われます。目的地は……ハワイしか考えられません」

レイトンの言うとおりだった。

二人は四月はじめにも同じような問答をしていた。日本軍がフィジーやサモアを狙っているならトラックで艦隊を集結させるはずだし、ダッチハーバーやアラスカを狙っているなら日本本土から直接艦隊を出撃させるはずだった。

また、日本軍機動部隊がオアフ島を素通りしてアメリカ本土を直接攻撃するというようなことはまずありえない。日本の艦隊がマーシャルで集結しつつあるとすれば、それは〝ハワイが狙われている!〟と考えてしかるべきだった。

ニミッツはレイトンの進言にうなずくと、あらためて指示をあたえた。

「わかった! もうすこし確度の高い情報が入り次第、すぐに報告してくれたまえ」

はたして、レイトンは寝る間も惜しんであらゆる情報に当たり、次の日（二三日・日本時間では二四日）の朝にはニミッツに報告した。

「長官、やはりまちがいありません! 日本軍の戦艦や主力空母などがマーシャル諸島のエニウェトク（ブラウン）環礁をめざして、一斉に移動を開始しました!」

いよいよ決定的だった。

——日本の大艦隊がハワイへ押し寄せ、近いうちにオアフ島を空襲して来る!

もはやこうなると、ミッドウェイを奪還しているような場合ではなかった。味方空母群は最短で八月六日にミッドウェイを空襲できるが、その間にオアフ島を抜かれたのでは元も子もない。

さらに翌日には情報室長のジョセフ・J・ロシュフォート中佐が暗号解読に成功し、レイトンがその内容をニミッツに報告した。

「日本軍機動部隊はハワイ現地時間の八月六日にジョンストン島を空襲し、八月八日・早朝にオアフ島を空襲して来ます！」

ニミッツはこれに大きくうなずくと、ミッドウェイ奪還をすっかり白紙にもどし、全幕僚および全指揮官の招集を命じたのである。

そのなかにヴァンデグリフト少将の名前はふくまれていなかった。

3

空母「ホーネット」は二四日の午前中にサンディエゴに到着していた。

太平洋艦隊司令部で作戦会議がおこなわれたのはその翌日、七月二五日のことだった。

出席者の顔がそろうと、ニミッツはのっけから宣言した。

「ハルゼー中将以下、三つの任務部隊は二九日にサンディエゴから出港し、八月三日にはラハイナ泊地で再集結してもらう必要がある！」

「……ラハイナ泊地ですと？　ミッドウェイを奪還するのではないのですか？」

そう言って真っ先に首をかしげたのは、中将に昇進したばかりのフレッチャーだった。

ニミッツが前々から〝ミッドウェイは早めに奪還する必要がある〟ともらしていたので、フレッチャーは首をかしげたが、ニミッツはこれをきっぱりと否定した。

「いや、ミッドウェイは後まわしだ！」

「……じつは、ハワイが狙われている」

続けてニミッツがそう言及すると、みなが一様に顔を見合わせた。

――敵がついに動き出したなっ！

「しかし、今すぐミッドウェイを突けば、奪還は可能なのではありませんか？」

フレッチャーは再度そう質問したが、ニミッツはかぶりを振った。

「いや、暗号解読情報によると、敵は八月八日にオアフ島を空襲して来る。わが機動部隊が二九日にサンディエゴから出撃したとしても、ミッドウェイを空襲できるのは八月六日のことだ。同島を占領するとなれば、数日間はミッドウェイ周辺に空母をとどめる必要があるだろう。しかも、ミッドウェイを空襲すれば少なからず艦載機を消耗する。最悪の場合は空母を傷付けてしまう」

「日程があまりにも過密で、そういう危ない橋は渡れない、とおっしゃるのですね」

フレッチャーがそう相槌を打つと、ニミッツは重々しくうなずいた。

「ああ、そういうことだ」

これにはフレッチャーも納得せざるをえなかった。ミッドウェイ近海からオアフ島近くまで軍を取って返すには二日半ほど掛かってしまう。首尾よくミッドウェイ攻撃が六日の午前中に片付いたとしても、アメリカ軍の空母四隻が艦載機を収容してオアフ島近くへもどって来るのは八月八日の午後晩くになるのだ。すでに八日の日没を迎えているため、実際に日本軍機動部隊に戦いを挑めるのは九日以降となり、それまでにオアフ島の航空基地が破壊されてしまうと、純然たる空母決戦を強《し》いられることになる。

「日本軍の空母は何隻ですか？」

フレッチャーに代わってそう訊いたのは、スプルーアンス少将だった。

これにはレイトンが即答した。

「機動部隊の敵空母は一二隻ですが、その後方には護衛空母三隻もひかえております」

圧倒的な兵力差で純然たる空母決戦を挑んでもおよそ勝ち目がないのはあきらかだった。

ちなみにアメリカ海軍の護衛空母は、この時点でボーグ級もサンガモン級も改造中のためいまだ一隻も就役しておらず、太平洋艦隊の指揮下に在るのは「ロングアイランド」一隻のみだった。その「ロングアイランド」も現状ではオアフ島への機材輸送に駆り出されており、艦隊決戦に用いずそのままオアフ島へ追加機材を輸送させたほうが有意義に決まっていた。


敵空母が一二隻と聞いてスプルーアンスがため息まじりにつぶやいた。

「基地配備の陸海軍機だけでオアフ島を防衛するのはまず不可能です。……オアフ島を占領できるなら、日本軍はよろこんでミッドウェイ島を差し出すでしょう」

これが結論にちがいなく、ニミッツは、大きくうなずいてみせた。

すると、ややあって、今度はハルゼーが質問を投げ掛けた。

「オアフ島に配備されている航空兵力は、現状で何機ぐらいですか？」

これにはニミッツが即答した。

「現状は六五〇機程度だが、八月八日までに『ロングアイランド』を到着させて、七〇〇機ちかくまで増やせると思う」

ハルゼーはこれに満足げにうなずくと、さらに訊いた。

「ジョンストンはどうです？」

「ジョンストンを防衛するのは到底不可能だ。飛行艇のみ一八機を配備して哨戒基地とし、日本の艦隊をいちはやく見つけ出す。……空襲を受ける直前にそれら飛行艇もオアフ島へ引き揚げさせるつもりだ」

「戦闘機は配備せんのですか？」

ハルゼーは矢継ぎ早にそう訊いたが、ニミッツは首を横に振った。

「孤島だから陸軍戦闘機を配備しても機位を失うだけでほとんど役に立たん。……海兵隊のＦ４Ｆを配備するしかないが、そうすると、オアフ島の兵力が削られることになる。それよりオアフ島の防衛に全航空兵力を集中すべきだ」


ニミッツが言うとおり、ジョンストン島は島全体が滑走路となっており、機を隠すための掩体などもろくになかった。少数機を配備できるにすぎず、哨戒用の前線基地として利用するのが得策にちがいなかった。

ニミッツの説明がもっともなので、ハルゼーもしぶしぶうなずいた。

「やむをえませんな……。ジャップの空母をできるだけオアフ島へ引き付け、わが空母機とオアフ島の陸海軍機で袋叩きにしてやりましょう！」

空母の劣勢をおぎなうには、まさにこの手しかなかった。

みながうなずいたのを見て、ニミッツは締めに掛かろうとしたが、「ほかになにかあるかね？」と念を押したところ、戦艦部隊を率いるリー少将が手を上げた。

「八月三日にラハイナ泊地で再集結するということですが、パールハーバーはいまだに使えないのでしょうか？」

もっともな質問だが、これには作戦参謀のマクモリス大佐が答えた。

「いえ、この一ヵ月ほどで旧式戦艦の残骸などもかなり撤去できました。パールハーバーを根拠地とするのは可能ですが、それですと、わが空母群がオアフ島と敵艦隊のあいだに挟まれる危険性がございます。わが空母の存在はなるべく秘匿する必要がありますし、オアフ島が空襲を受けるのは必定です。……パールハーバーから出撃するのは危険性回避の観点から避けるべきだろうと考えた次第です」

当然の対処方針に思われたので、リーも即座にうなずいた。

「ハワイ島の近くで待ち伏せし、オアフ島攻撃に熱中している敵空母群に対して、横やりの攻撃を仕掛けてやろうというのですね」

「おっしゃるとおりです」

すると、この話を受け、ニミッツがあらためてハルゼーに言及した。

「釈迦に説法だろうが、万一、敵が誘いを掛けて来たとしても、わが機動部隊はその誘いに決して乗ってはならない。日本軍機動部隊がオアフ島の五〇〇海里圏内に進入して来るまでハワイ島近くで遊弋《ゆうよく》し続け、敵機動部隊がオアフ島を攻撃するタイミングを見計らって横やりの攻撃を仕掛けるべきだ」

「もちろん、心得ております」

ハルゼーが深々とうなずくや、ニミッツもきっちりと約束をあたえた。

「陸軍航空隊にも、敵空母群を五〇〇海里圏内に引き付けてから攻撃を仕掛けるよう、念を押しておく。……成功と幸運を祈る！」

ニミッツ大将とハルゼー中将は固く握手を交わし、これでアメリカ太平洋艦隊の方針はすっかり決まったのである。

4

四月中旬に空襲を受けて以降、ミッドウェイのイースタン島飛行場では懸命の復旧作業が続けられていた。

次の「第三次布哇作戦」では重要な前線基地となるため、連合艦隊もミッドウェイ島へ優先的に機材や物資を送り込み、六月はじめに同飛行場は九割方まで復旧した。

幸い、米軍機動部隊は七月下旬まで作戦できる状態になく、ミッドウェイ島への機材輸送はその後も粛々《しゆくしゆく》と続けられた。

なにをかくそう、山口大将の連合艦隊司令部はミッドウェイ環礁の西北西およそ五〇海里に位置するキュア島（クレ環礁）を、ハワイ攻略作戦時の〝秘密基地にしてやろう……〟と早くから目を付けていた。

キュア島は飛行艇の発進基地として持って来いの条件を備えていた。幅およそ一〇キロメートルのほぼ円形を成した礁湖は大型飛行艇の発着に適しており、オアフ島から一二〇〇海里も離れているので、米軍B17爆撃機もさすがにキュア島まで飛んで来るのはむつかしい。

ミッドウェイ配備の零戦で、同島以西へのB17の飛行を阻むこともできる。

キュア島を「第三次布哇作戦」の切り札として使うため、連合艦隊は七月末までにイースタン島の飛行場へ五四機の零戦を配備してミッドウェイ方面の防備を固めていた。

また、一式陸攻二七機も進出を終えており、七月一五日には海兵四一期卒業の市丸利《いちまるり》之《の》助《すけ》少将が第二六航空戦隊（ミッドウェイ航空隊）司令官となってイースタン島に着任していた。

八月一日の時点でミッドウェイ配備の海軍航空兵力は零戦五四機、艦爆一二機、艦攻一二機、一式陸攻二七機、九七式飛行艇一二機の計一一七機に達しており、肝心のキュア島には一六機の二式飛行艇が配備されていた。

周知のとおり、オアフ島までの距離は一二〇〇海里もあるが、二式飛行艇なら二トン分の爆弾を搭載してオアフ島を空襲できる。

九九式艦爆に換算すると、二式飛行艇一機で艦爆八機分の攻撃力に相当するのだ。

連合艦隊首席参謀の黒島大佐がミッドウェイ島の確保にこだわったのもそのためだが、工業生産力とアルミ資源に乏しい日本が、大型四発機の二式飛行艇を大量生産するのはむつかしく、八月までに一六機をキュア島へ配備するのが精いっぱいだった。

一六機のうちの四機は、零式吊光照明弾を満載して、照明隊として出撃する。そのため、実際に爆弾を搭載して出撃する二式飛行艇は一二機でしかないが、それでも九九式艦爆九六機分の攻撃力に相当するのだから、黒島亀人がミッドウェイの確保に固執するのは無理もなかった。

しかし、山口大将は〝空母を分散してまでミッドウェイを護る必要はない！〟と考えた。

万一、ミッドウェイに米軍機動部隊が来襲したとしても、同島を一週間程度は充分〝持ちこたえられる!〟と考えたからだが、たとえ三日ほどで陥落したとしても、キュア島さえ確保し続けておれば、二式飛行艇の部隊は作戦を強行することができるのであった。

蛇足だが、実際の計画とは反対に内地からミッドウェイ経由で全空母を出撃させることはできなかった。そんなことをすれば第七艦隊および上陸船団が〝まるハダカ〟となってしまう。味方上陸船団が米軍艦載機の空襲にさらされると、「第三次布哇作戦」はいっぺんに頓挫してしまう。よって空母の分散を避けるには、全部隊をマーシャルから出撃させるしかなかった。

ところで山口は、ミッドウェイへ向けて出立する市丸少将に、特別な指示をあたえていた。

「ミッドウェイに万一、米軍が上陸して来た場合には島上の戦いを一日でも長く引き伸ばしてもらいたい。困難な任務であることは重々承知している! が、次のハワイ作戦こそ国家の命運を賭けた戦いとなる! その旨を守備隊長の大田くんにも、よろしく伝えてもらいたい」

守備隊長の大田実《みのる》は市丸と同期であり、二人は五月一日付けで同時に少将へ昇進していた。海軍省も長らくミッドウェイ島を持ちこたえている大田実の貢献を高く評価したのだった。

「お任せください。大田と一致協力し、ぜひともミッドウェイを死守してみせます!」

市丸は胸のすくような返事を返し、山口もそれに大きくうなずいてみせたが、どうしても〝これだけは言っておかねばならない〟と思い、山口はもう一つだけ指示をあたえた。

「それでも陥落やむなしとなった場合には、きみはイースタン島から脱出して、キュア島へ移りたまえ。きみに課せられた最大の任務はオアフ島に対する空襲だ。……攻撃日は追って連合艦隊から電信で知らせるが、その日に〝二日をプラス〟せよ。よいか、攻撃日をハワイ時間で知らせるからそれに二日を加えるのだ」

「日付けはハワイ時間で知らされ、それに二日を加えたのが実際の攻撃日ということですね。重々心得ておきます！」

市丸がそう復唱すると、山口はこくりとうなずき、かれにはつつみ隠さず、とくにすべてを打ち明けた。

「なぜ、そのようなまどろっこしい指示の出し方をするかといえば、わが暗号が米軍に読まれている可能性があるからだ」

市丸がしずかにうなずくと、山口はさらに説明を続けた。

「……たとえば〝八日〟という指示電がきみのところへ届いたとすれば、実際の攻撃日はハワイ時間で〝一〇日〟未明ということになる。その日付けが、もし〝七日〟ならば〝九日〟未明ということだ。その点、くれぐれも承知しておいてもらいたい！」

山口大将がこれほどくどくどと説明をくり返すのは滅多にないことだ。

それだけに、これだけは断じて〝齟齬《そご》をきたすわけにいかないのだ……〟と市丸も心して聴いていた。

「わかりました。その日付けは日本時間ではなくハワイ時間ということですね。……ゆめゆめまちがわぬよう、肝に銘じておきます！」

市丸が再度そう誓いを立てると、山口はようやくにこりとうなずいてみせたのである。

5

エニウェトク環礁・北東沖の哨戒任務に就いていた潜水艦「グリーンリング」から空母「エンタープライズ」に〝敵艦隊発見！〟の第一報が届いたのはハワイ時間で八月一日・午前九時二八分のことだった。

通信参謀が艦橋へ駆け込み、ハルゼー中将に報告した。

「わが潜水艦が敵との接触に成功しました！　かなりの大艦隊です！　位置はエニウェトク環礁の東北東およそ一一五海里。敵艦隊は速力・約一五ノットでハワイ方面へ向かっております！」

これにハルゼーがうなずくと、ブローニングが即座に進言した。

「まちがいありません！　空母をふくむジャップの主力です。このまま東進を続け、こちらの読みどおり八月六日にはジョンストンを空襲して来るものと思われます！」

報告電発信後「グリーンリング」は日本軍機の存在に気づいて急速潜航した。そのため空母や戦艦などの有無は定かでなかったが、敵艦隊の規模や針路から推測して、味方潜水艦が報告してきたのは日本軍機動部隊と断定してまずまちがいなかった。ブローニングの進言にうなずくと、ハルゼーはおもむろに命じた。

「よし！　予定どおり、八月三日までにラハイナ泊地へ軍を進めておく。針路そのまま、速力二〇ノット！」

ハルゼー中将麾下《きか》の三個任務部隊は七月二九日の午前中にサンディエゴから出港して、このときマウイ島の東北東およそ一一〇〇海里の洋上まで軍を進めていた。

サンディエゴとマウイ島のほぼ中間地点まで前進していたことになる。

三つの任務部隊はラハイナ泊地へ迅速に進出するためタンカーを一隻も伴っていなかったが、それはまったく問題なかった。

太平洋艦隊作戦参謀のマクモリス大佐が八隻のタンカーをラハイナ泊地へ派遣するよう、ホノルル港に前もって依頼していた。それらタンカーは八月二日までに入港する予定であり、ハルゼー中将麾下の艦艇はラハイナ泊地へ到着後、ただちに給油を受けられるよう、手はずがととのえられていたのだ。

はたして、三つの任務部隊は八月三日の午後四時にはマウイ島沖へ到達し、その全艦艇が日没を迎えるまでにラハイナ泊地へ入港した。

さっそく給油を開始して、薄暮が終わる直前にブローニングが進言した。

「艦の数が多く補給作業にたっぷり二日ほど要しますが、五日・夕刻には給油を完了して全艦艇が出撃可能となります！」

いまだ給油作業は緒に就いたばかりだが、ハルゼーは鷹揚《おうよう》にうなずいてみせた。

「うむ。あわてる必要はない。六日・朝にラハイナから出撃できれば、それでよい」

その後、給油作業は至極順調にはかどっていたが、八月五日・午後三時過ぎには、ブローニングが待ち望んでいた報告が「エンタープライズ」に飛び込んで来た。

ジョンストン発進のカタリナ飛行艇が首尾よく日本軍の大艦隊を発見して、そのことを通報してきたのだ。

『敵大艦隊発見！　空母六隻以上、戦艦数隻および随伴艦多数。敵艦隊はジョンストン島の西南西およそ五五〇海里の洋上を速力・約二〇ノットで東進中！』

決定的だった。

——日本軍機動部隊は明日・朝を期してジョンストン島を空襲して来る！

そう直感するや、ブローニングはただちに向きなおってハルゼー中将に進言した。

「すべてこちらの読みどおりです！　われわれは明日（六日）中に洋上待機位置・A点（オアフ島の南南東・約三〇〇海里の洋上）まで軍を進めておきましょう！」

ハルゼーはむろんこれにうなずき、空母四隻を基幹とする三個任務部隊は、八月六日・午前五時三〇分を期してラハイナ泊地から出撃を開始したのである。

タンカー四隻はラハイナに残したが、それでも総勢四八隻に及ぶ大艦隊のため、全艦艇が出撃を終えるのにたっぷり一時間を要した。

しかし、狭い海峡をぬってハワイ島方面へ打って出たおかげで、A点へ到達するまで旗艦「エンタープライズ」以下の艦艇が、日本軍の潜水艦に接触されたような形跡はなかった。

やがて夕闇がせまり午後六時三〇分には日没を迎えたが、ここまではすべてが順調だった。

——よし！　わが艦隊はいまだ敵艦などに、一切接触されていない！　おそらく敵空母群に横殴りの攻撃を仕掛けられるぞっ！

待機位置・A点到達後、ブローニングは早くも勝利を予感していたが、ハルゼーやサンディエゴで報告を受けたニミッツ大将も同じくそう感じていた。

# 第八章　オアフ島への刺客

1

そもそも山口大将には、ジョンストン島を占領するという考えはまったくなかった。

八月六日・早暁《そうぎょう》（ハワイ時間）にまず索敵機を放ち、周辺洋上に〝米空母が存在しない〟ということを確認すると、小沢中将は一九八機の攻撃機を放って、ジョンストン島の敵飛行場を完膚なきまでに破壊した。

ジョンストン島の米軍基地には半壊したＰＢＹ飛行艇一機が取り残されていただけで、攻撃隊が同島上空へ達すると、敵飛行場はすっかり〝もぬけの殻〟となっていた。

――ははあ、米軍はジョンストンの防衛をあきらめたな……。

攻撃隊を率いて出撃した橋口喬《たかし》少佐はにわかにそう直感したが、そもそも味方に占領の意思がないのだから、しこたま爆弾を投下して、滑走路や基地の施設を徹底的に破壊した。

投じた爆弾は一六二発に及び、そのなかには破壊力の大きい八〇〇キログラム爆弾五四発もふくまれていた。

さらに、攻撃隊随伴の零戦五四機が時折り低空まで舞い降りて機銃掃射を加えてみたが、島上に米兵の姿はまったくなかった。

反撃は一切なく、およそ三〇分に及ぶ攻撃がすべて終了したとき、敵飛行場は穴だらけとなってすっかり大破していた。

――米軍が上陸して飛行場を復旧するには、最低でも一週間は掛かるだろう。……いや、基地の施設を完全に復旧するには、おそらく一ヵ月程度は掛かるにちがいない！

橋口はそう確信してまもなく引き揚げを命じたが、攻撃中に失った列機はわずか一機だった。

ジョンストンを空襲した攻撃機は午前九時三〇分ごろから順次艦隊上空へ帰投し始め、軽空母を除く空母九隻は、それら帰投機を午前一〇時までにすべて収容した。

橋口機もそのしんがりで「赤城」へ帰投し、再攻撃の〝必要なし！〟ということが、小沢中将の旗艦「魁鷹」にもほどなくして報告された。

むろんそのことは「大和」にも報告され、山口大将は、ジョンストンからの〝反撃はない！〟と確信、以後の戦いに備えて給油を命じた。

六日・午前一〇時の時点で「大和」以下、連合艦隊の三個艦隊は、ジョンストン島の西南西・約一八〇海里の洋上へ達しており、オアフ島までの距離はおよそ八九〇海里となっていた。

これまで以上に対潜警戒を厳にしながら、連合艦隊の全艦艇が速力を六ノットまで低下。その後一四時間にわたって、各艦が代わるがわる重油の補給を受けた。

その間、大和司令部のもとめに応じて小沢中将は、常時一八機の対潜哨戒機を上空へ飛ばすとともに、一二機の二式艦偵を索敵に出して艦隊に近づきつつある米空母などが存在しないかどうかを確かめた。

給油作業中に攻撃を受けると大変なことになるが、艦隊の四五〇海里圏内には敵艦などが一隻も存在しないことがきっちりと確認された。

二式艦偵は爆弾倉内に燃料タンクを追加装備しており、いざとなれば、五〇〇海里以上の距離を進出しての索敵が可能であった。このたびは一二機で東北東を中心とした扇型の索敵網を展開したが、米空母などが現れるような気配はいっこうになかった。

――米軍はやはり、われわれをうんとオアフ島へ近づけてから迎え撃つつもりだな……。

山口はあらためてそう直感した。

給油開始からたっぷり一四時間が経過して、周囲はすっかり暗闇につつまれ、ちょうど日付けが変わって時刻は今、現地時間で七日・午前零時になろうとしていた。

そして日付けが変わると、山口大将は俄然《がぜん》、給油作業の中止を命じた。

艦隊は速力六ノットで一四時間ほど前進したので、七日・午前零時の時点でオアフ島までの距離はおよそ八〇五海里となっていた。ジョンストン島までの距離は一〇〇海里を切っている。

駆逐艦や五五〇〇トン型の軽巡などもたっぷり重油を補給したので、これで四、五日は思う存分戦える。

山口大将は、補給部隊のタンカー一二隻と駆逐艦六隻を真北へ分離、残る連合艦隊主力を率いてオアフ島へと軍を進め、進軍速度をいよいよ一八ノットに引き上げた。

かたや、補給部隊のタンカーと駆逐艦は速力を一四ノットとし、ミッドウェイ島の東南東およそ三五〇海里の〝合同地点〟をめざした。

その合同地点近くには北西ハワイ諸島に属するレイサン島が存在し、連合艦隊は合同時に同島を目印として利用できる。

レイサン島は、正確には、ミッドウェイ環礁の東南東三四〇海里に存在し、すなわちオアフ島の西北西八一〇海里の洋上に位置していた。

補給部隊のタンカーと駆逐艦六隻が速力一四ノットで真北へ航行し続けると、レイサン島近くの合同地点へ今からちょうど四八時間後（まる二日後）の九日・午前零時に到着する。

そして、なにをかくそう、クェゼリン環礁から出撃した三川軍一中将の第七艦隊や上陸船団などは、はじめからレイサン島近くのこの合同地点をめざして進軍していた。

平均速力一〇ノットで進軍していた三川部隊は八日・正午には合同地点に到達する。

それは今からちょうど三六時間後のことで、三川部隊は連合艦隊主力から分離した補給部隊よりも、一二時間ほど早く合同地点へ到達する予定となっていた。そこで上陸船団や第七艦隊の各艦艇は、ミッドウェイ航空隊の支援を受けながら重油をたっぷりと補給して、連合艦隊の到着を待つことになる。

合同地点はオアフ島から八〇〇海里以上も離れているため、同島から空襲を受けることはまずないし、ミッドウェイから索敵に飛び立った陸攻や飛行艇が米空母の出現に眼を光らせる。

かたや山口大将の連合艦隊主力は、今、オアフ島へ向けて一八ノットで進軍しているが、一九時間後（七日・日没後）には針路を北西に執り、連合艦隊主力もまた、レイサン島近くの合同地点へ向かうことになっていた。

米空母をミッドウェイ方面へおびき出そうというのだが、連合艦隊の全艦艇がレイサン島近くで集結を終えるのは、九日・午前零時過ぎのことになると予想された。（一八一ページ参照）

くり返しになるが、空母一二隻を基幹とする連合艦隊の主力は今、速力一八ノットでオアフ島をめざしている。

2

戦艦「大和」以下が、大破した敵基地を右手に見ながら、ジョンストン島の間近かを通過したのは七日・午前五時二〇分ごろのことだった。

山口大将は念のため駆逐艦二隻を砲撃に差し向けたが、米兵の姿はなく、ジョンストン島は今や完全に放棄されていた。

二隻の駆逐艦はすぐに原隊へ復帰し、まもなくオアフ島へ針路を向けた。

夜はすっかり明けている。小沢中将は再び艦攻などを索敵に出したが、周辺洋上に米空母などが現れる気配はいまだなかった。

そのころオアフ島・米軍航空隊は、いちはやく日本の艦隊を見つけ出してやろうと躍起になっていた。

日本の大艦隊がオアフ島へ近づきつつあるのは確実で、午前五時三〇分に日の出を迎えると、フォード島基地からカタリナ飛行艇一八機が索敵に飛び立った。

そのうちの一機が連合艦隊主力の上空へ現れたのは午前一一時五分過ぎのことだった。

そのおよそ三〇分前から「大和」のレーダーは同機の接近をとらえていた。

「零戦を上げて撃ち落しますか？」

参謀長の酒巻少将はそう訊いたが、山口はにべもなく否定した。

「いや、かまわん。放っておけ！」

連合艦隊主力はおのずとその敵飛行艇によって発見されたが、その時点でオアフ島までの距離はおよそ六〇五海里となっていた。

そのことは当然、空母「エンタープライズ」に報告され、これでハルゼー中将やブローニングはいよいよ確信した。

――まちがいない！　ジャップは、八日・早朝を期してオアフ島を空襲して来る！

その後も連合艦隊の上空にPBY飛行艇やB17爆撃機が索敵目的で飛来したが、B17が近づいて来たときには、さすがの山口も零戦を舞い上げてこれを迎撃した。

B17は索敵時であっても爆弾を投じて来ることがあるが、案の定、三番手で艦隊上空に飛来したB17が爆撃を仕掛けて来た。この重爆はまったく厄介だが、零戦の追撃に遭ってまともには狙いを付けられず、高高度から投じられた爆弾は、空母群の近くで航行していた駆逐艦「舞風《まいかぜ》」の乗員を驚かせただけで事なきを得た。

ただし、まったく被害を受けなかったわけではなく、「舞風」は一〇〇〇メートルほど離れて炸裂した爆弾の衝撃を受け、方位盤があえなく故障していた。

そのB17が上空から飛び去ったのは七日・午後四時二五分ごろのことで、戦艦「大和」以下の連合艦隊主力は、そのときにはもう、オアフ島の西南西およそ五一〇海里の洋上まで軍を進めようとしていた。

カタリナ飛行艇やB17がもたらした索敵情報は逐一、空母「エンタープライズ」に報告されていたが、対する連合艦隊も決して索敵をおろそかにしていたわけではなかった。

空母群をあずかる小沢中将は午後一時三〇分を期して、この日も二式艦偵一二機を東方洋上一帯の索敵に出していた。

──オアフ島へかなり近づいた。そろそろ米空母を発見してもおかしくないはずだ……。

そう考えた小沢は、今回はすべての二式艦偵に五〇〇海里の進出を命じた。

そして、全一二機が午後四時には索敵線の先端へ達したが、残念ながらこの日もまた、米空母を発見するに至らなかった。

じつは、七日・午後四時の時点で米空母四隻はいまだA点で遊弋中であり、ハルゼー艦隊と連合艦隊主力の距離は、依然として五五〇海里以上も離れていたのだった。

それもそのはず、連合艦隊主力の行動をすっかり把握していたハルゼー中将は、夜陰にまぎれて敵方へ軍を近づけるつもりであり、逸《はや》る気持ちを抑えて日が暮れるまで自重していた。

「日没後に突撃を命じても、翌朝には必ず二〇〇海里圏内に敵機動部隊をとらえて横やりの攻撃を仕掛けられます！」

ブローニングが強くそう進言すると、ハルゼー中将もこれにうなずいていたのである。

本日の日没時刻は午後六時三〇分。よって午後七時ごろまでは薄暮が続く。

一二機の二式艦偵はその全機が午後六時三〇分までに各母艦の上空へ帰投し、薄暮が終わる前にきっちりと収容された。

　そして、午後七時にハワイ周辺洋上がすっかり暗闇につつまれると、日米両艦隊が待ってましたとばかりに一斉に行動を開始した。

　ハルゼー中将麾下《きか》の米軍・三個任務部隊は、日本軍空母艦隊との距離を詰めるために速力一八ノットで北西へ向けて進軍し始め、山口大将麾下の連合艦隊主力は、レイサン島近くの合同地点へ向かうために北西へ向けて速力二二ノットで進軍し始めた。

　――日本軍機動部隊は〝八月八日・朝〟を期してオアフ島を空襲して来る。

　暗号解読班がもたらしたこの情報を、ハルゼー中将やブローニングはなおも固く信じており、山口大将の仕掛けた一種の陽動作戦が、七日・午後七時を迎えたこの時点で七分通りまで成功しつつあった。

　午後七時の時点で連合艦隊主力はオアフ島の西南西およそ四六五海里の洋上まで軍を進めていたが、山口大将は米空母を発見していないのにもかかわらず、米軍機動部隊の行動をある程度予測していた。

　――われわれはオアフ島の南西方面から軍を進めてきたが、米空母は存在しなかった。……昨日からミッドウェイの陸攻や飛行艇が索敵をくり返しており、オアフ島の北西方面に米空母が現れることも断じてない！　また、オアフ島の北東方面で米空母が行動している可能性もかなり低い。敵が北東で行動すれば、いざというときにオアフ島が邪魔になり、敵空母はわれわれとの距離をすばやく詰められないだろう……。だとすれば、米軍機動部隊はオアフ島の〝南東〟方面で待ち伏せしている可能性が高い！

さらに山口は〝ハワイ島の南方洋上辺りが最もクサいな……〟とにらんでいたが、それは、山口自身がもし米軍機動部隊の指揮官を務めていたとしたら、その辺りで待ち伏せするにちがいないからであった。

しかし〝絶対〟とまでは言い切れない。当然ながら油断は禁物であり、索敵に関しては、オアフ島の重爆や飛行艇を利用できる米軍のほうが断然有利なのだ。

むろん二式艦偵は大いに頼りになるが、その進出距離は五〇〇海里程度でしかない。

「明日。夜が明けると必ずわが上空へ敵飛行艇や重爆などが索敵に現れるだろう……。レーダーの反応を決して見逃すな！」

山口は酒巻参謀長以下、全幕僚に対してきつくそう言い渡しておいた。

3

午前五時三〇分に八月八日の日の出を迎えた時点で、山口大将の率いる連合艦隊主力はオアフ島の西方（微南）およそ五九〇海里の洋上に達していた。

ハワイ諸島の上空は昨日にも増して好天にめぐまれていた。昨日は午後五時ごろから一時間ばかりスコールにみまわれたが、今日は抜けるような青空が広がり、雨が降りそうにもない。

戦艦「大和」以下の艦艇はすがすがしい朝風を切って、なおも二二ノットで合同地点をめざしているが、雲ひとつないこの好天は、連合艦隊にとっては決して好ましくなかった。敵飛行艇などによって容易に発見されてしまうであろう。

いかにもそのとおりで、この日はフォード島基地からカタリナ飛行艇一八機が午前四時を期して索敵に飛び立っていた。

空襲が予想されたため、日の出と同時に日本の空母を見つけ出してやろうというのだが、ヒッカム飛行場配備のB17爆撃機は、今日は索敵に出る予定がなかった。カタリナ飛行艇が敵空母を見つけ次第、攻撃に向かうため、爆弾などを満載して出撃準備を急いでいたのだ。

ところが、日の出時刻を過ぎても、待てど暮らせど〝敵空母発見！〟の報告は入らなかった。当然である。連合艦隊主力はすでにレイサン島沖へ向け、針路を大きく変更していた。

驚いたのはオアフ島航空隊ばかりではない。空母「エンタープライズ」に座乗するハルゼー中将やブローニングは、それ以上に驚いていた。


「な、なぜだ！　ジャップ空母はいったいどこへ消えた⁉」

ハルゼーは鬼の形相《ぎょうそう》で周囲にかみついたが、これればかりはブローニングにも見当が付かず、まったく答えようがなかった。

三つの任務部隊はオアフ島の南（微西）およそ一八〇海里の洋上まで前進しており、四空母の艦上ではすでに攻撃機がエンジンを唸らせてスタンバイしていた。そのためハルゼー中将の悔しがり様は尋常ではなかった。

日本軍艦隊の所在は午前一〇時ごろにようやく判明するが、それまではわけがわからず、米艦隊は、オアフ島の南方洋上でひたすら遊弋し続けるしかなかった。米軍にとって不幸中の幸いだったのは、オアフ島の西にもカタリナ飛行艇が索敵に向かっていたことだった。

その接近を「大和」の対空見張り用レーダーが午前九時三八分に探知した。

「敵機が東方から近づきつつあります！　速度がおそいのでＰＢＹかと思われます。……おそらく単機です」

山口があらかじめ指示しておいたので、通信参謀の和田雄四郎《ゆうしろう》中佐はずっとレーダーにかじりついていた。かれがそう報告すると、山口は即座に命じた。

「第一、第二、第三艦隊の全艦艇に告ぐ！　ただちに針路を東に執れ！　つまりオアフ島へ向けて進軍しているように見せ掛けるのだ！」

命令はすぐに伝わり、「大和」以下すべての艦艇が一斉に東へ回頭し始めた。速度は二二ノットを維持している。海上には右回りの白い航跡が次々と描かれていった。

そして約七分後には、ほぼすべての艦が回頭を終えて、連合艦隊主力はオアフ島へ向けて進軍し始めた。

時刻は午前九時四五分になろうとしている。

この時点で連合艦隊主力は、オアフ島の東（微北）およそ六二五海里の洋上へ達していた。

レーダーの機影はなおも西進して来る。艦隊が東進し始めてから敵機との距離はみるみるうちに縮まり、およそ三分後にはその距離が一五海里を切った。

山口のもとめに応じて、小沢中将が零戦三機を舞い上げる。貿易風が北東から吹いており、三機の零戦は斜め風にあおられながらも二分と経たずして「魁鷹」から飛び立った。

敵機との距離はやがて一〇海里を切り、先行する駆逐艦「夕雲」からまもなく通報があった。

その通報によると、飛来したのはやはり米軍のPBY飛行艇だった。

酒巻参謀長がすぐさま双眼鏡を覗き、じっくり監察してから山口に報告した。

「まちがいありません、PBYです！」

そして、緊急発進した零戦三機が上昇してゆくと、それに気づいたPBYも東へ反転しながら上昇、同機はたっぷり高度を確保してから午前九時五八分に電波を発したのである。

その内容まではわからないが、日本軍の大艦隊が〝オアフ島へ向かいつつある〟と通報されたのにちがいなかった。

実際そのとおりで、同機は『空母多数をふくむ日本の大艦隊がオアフ島へ向けて航行中！』と打電。これを「エンタープライズ」が受信して、ハルゼー中将がにわかに勇み立った。

「ジャップは西だ！　わが隊との距離は⁉」

「はっ、敵艦隊は『エンタープライズ』の西北西およそ六三五海里の洋上を東進中です！」

航海参謀はそう答えたが、そこへブローニングが割って入り、ハルゼーに進言した。

「ボス！　どうも気になります。敵はわれわれをおびき出そうとしているのかもしれません。接近するには充分な注意が必要です！」

するとハルゼーは、落ち着きはらった様子でこれにうなずいた。

「ああ、わかっておる！　昨日同様、日没まではオアフ島の南で遊弋《ゆうよく》し続け、それから徐々に西へ向かい、距離を詰めてゆこう」

出撃前にニミッツ大将から〝敵の誘いに乗ってはならない！〟と釘を刺されていたので、ハルゼーも突進する気はさらさらなかった。

ブローニングはその考えを聞いてまずはほっとしたが、それにしても敵艦隊の動きが妙で、その意図がまるでわからない。

――敵はわれわれをミッドウェイ方面へ誘い出そうとしているのではないのか……？

とはいえ、空母をふくむ敵艦隊が再び〝オアフ島へ近づきつつある！〟というのだから、明日こそ日本軍機動部隊はオアフ島を空襲して来るのにちがいなかった。

――いや、わからんぞ！　とにかく敵艦隊との接触を保つ必要がある！

そう直感したブローニングはハルゼーの許可を得て電波を発し、オアフ島航空隊に索敵の継続を依頼した。

これを受け、フォード島基地からは追加でカタリナ飛行艇八機が西方一帯の索敵に飛び立った。

しかし、予定外の発進のため、準備にすこし手間取り、発進を開始したのが午前一〇時二五分のことで、最後の八機目が飛び立ったのは午前一〇時四五分のことだった。

また、午前一〇時三〇分にはヒッカム飛行場のB17爆撃機二四機が爆弾を満載したまま急遽、発進を開始して、日本軍艦隊の発見位置へと向かったが、すでに洋上に敵艦のすがたはなく、この攻撃はあえなく空振りに終わった。

それもそのはず。三機の零戦に追い掛けられたPBYが〝オアフ島へ引き返して行った！〟とみるや、山口大将は艦隊の針路を再び北北西に転じて、進軍速度を二四ノットに上げていた。

北北西へ変針したのが午前一〇時一五分ごろのことで、二四機のB17が飛来したとき、連合艦隊主力はすでに一〇〇海里以上も北進していた。

　これではB17が日本の艦隊を発見できないのは当然だったし、追加で索敵に飛び立った八機のカタリナ飛行艇も、この日はついに連合艦隊主力を発見することができなかった。

　カタリナ飛行艇の全機が索敵線の先端へ達した午後四時四五分の時点で、連合艦隊主力はすでにオアフ島（ホノルル）の西北西・約七〇五海里の洋上まで前進していた。

　PBYカタリナ飛行艇の合理的な進出距離は六五〇海里程度であり、八機のうちの一機は独自の判断で進出距離を六八〇海里まで延伸したが、日本の艦隊はもはやミッドウェイ方面へ遠く退いており、ハルゼー中将やブローニングは新たな索敵報告を得られなかった。

　――ま、またしても日本の艦隊が行方をくらました！　……いったいどういうことだっ⁉

　二人は狐《きつね》につままれたような気がしてならなかったが、これはどう考えてもミッドウェイ方面へおびき出されようとしているのにちがいなく、いくら考えてもブローニングにはほかの理由が思い当たらなかった。

　やがて夕闇がせまり、午後六時二九分には日没を迎えた。午後七時ごろまでは薄暮が続くが、その直前にハルゼー艦隊で事件が起きた。

　オアフ島の南方沖で哨戒任務に就いていた潜水艦「伊一九」がついにハルゼー艦隊との接触に成功、空母「ワスプ」へ向けて立て続けに魚雷六本を発射した。そのうちの二本が運良く艦底を通過して「ワスプ」は事なきを得たが、近くで航行していた戦艦「ノースカロライナ」が魚雷を喰らって速度が二四ノットに低下、なおも危険な状態が続いたため戦線離脱を余儀なくされた。

それだけではない。残る魚雷三本が重巡「ノーザンプトン」と駆逐艦「オブライエン」に襲い掛かり、「ノーザンプトン」に二本、もう一本も「オブライエン」に命中して、両艦ともまたたく間に轟沈《ごうちん》したのである。

ハルゼー艦隊では「伊一九」潜の接近にだれも気づいておらず、ハルゼー中将やブローニングは相次ぐ被害に度肝を抜かれた。

肝心の空母「ワスプ」が魚雷の命中をまぬがれたのは不幸中の幸いだったが、戦艦「ノースカロライナ」は一番砲塔の主砲三門が射撃不能におちいり、リー少将が同艦の撤退をもとめると、ハルゼー中将もこれを認めざるをえなかった。

不運な「ノースカロライナ」は駆逐艦一隻を護衛に伴い、まもなくサンディエゴへ向けて退却し始めた。

殊勲の「伊一九」潜は一旦潜航後、夜陰にまぎれて浮上し、ジョンストン方面へと退避した。艦長の木梨鷹一《たかかず》少佐は、午後九時過ぎに一連の戦果を打電、山口大将の連合艦隊司令部にこれ以上ないほど貴重な情報をもたらした。

戦艦「ノースカロライナ」の撃破ももちろん望外の戦果だが、木梨艦長の報告によって山口大将は米軍機動部隊が〝オアフ島の南方およそ一八〇海里の洋上で行動中である〟という事実をはじめて知ることができた。

午後七時に周囲が暗闇につつまれると、山口大将は少しでも重油を節約するために、連合艦隊主力の進軍速度を一六ノットに低下させた。艦隊はその後も、レイサン島近くの合同地点をめざしていたが、その進軍途上で木梨艦長の発した報告電を「大和」が受信したのだ。

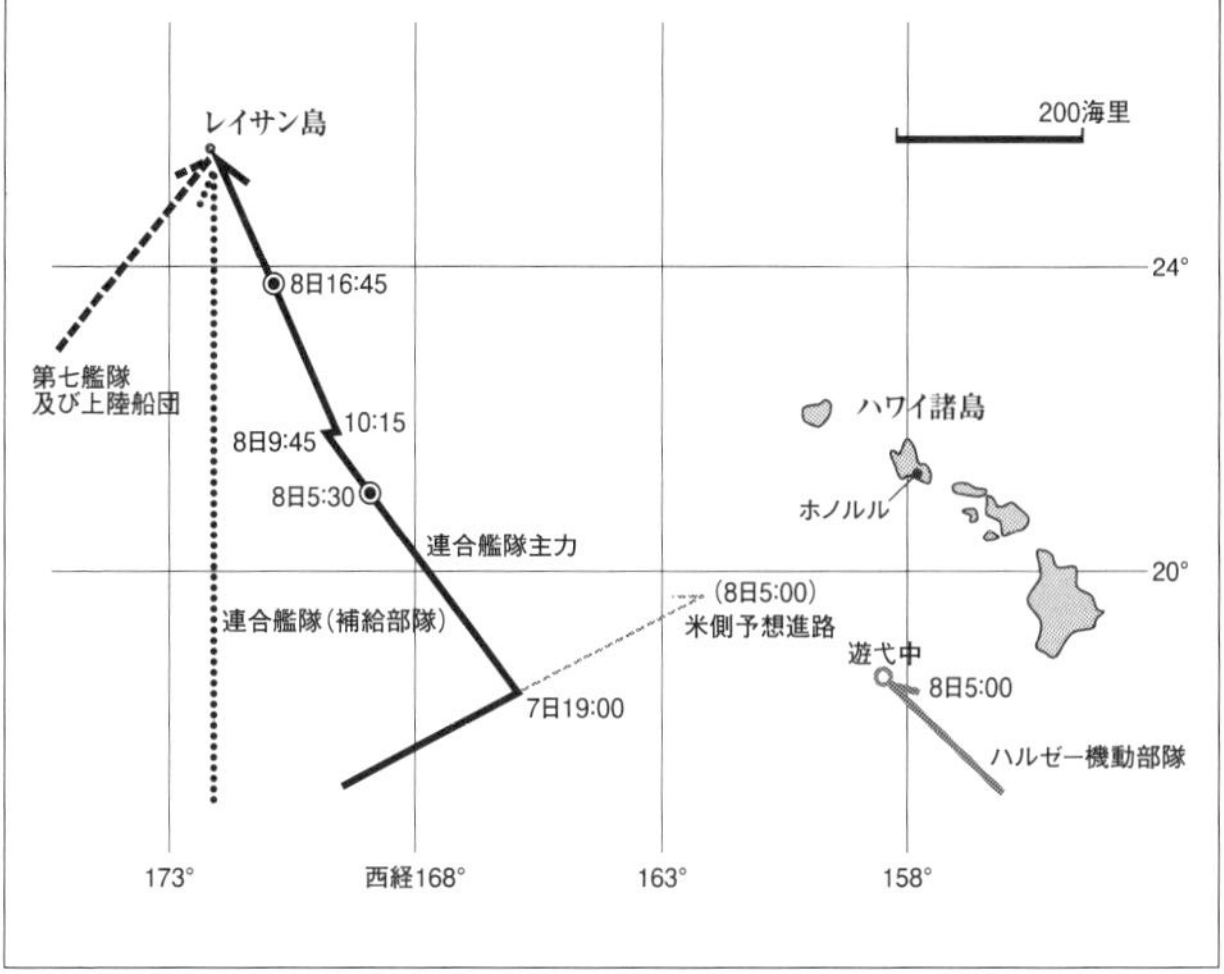

日米両軍部隊の進撃経路①　1942年（昭和17年）8月9日・午前零時現在（ハワイ時間）

——やはりそうか！　米軍機動部隊はオアフ島の南方洋上で行動していた！　おそらく昨日のあいだに、ハワイ島のはるか南方から進軍して来たのにちがいない！

潜水艦「伊一九」の通報によって山口はいよいよそう確信することができた。

のちに木梨鷹一少佐には、山口大将から感状が贈られることになる。

戦艦「大和」以下、連合艦隊主力は、日付けが変わった九日・午前零時一〇分ごろに予定どおり合同地点へ到着した。

補給部隊のタンカー一二隻と駆逐艦六隻も、その一五分ほど前に予定どおり合同地点へ到着しており、第七艦隊や上陸船団をふくむ、連合艦隊の全艦艇がミッドウェイ島・東南東洋上での集結をここに完了した。

いっぽう、「ノースカロライナ」を退却させられたハルゼー中将はショックを隠しきれず、ブローニングに向かってぼそりとつぶやいた。

「……まさかとは思うが、ジャップはわれわれの暗号解読に気づき、その裏を掻いてきたのではないか……」

ブローニングがこれに重々しくうなずくと、ハルゼーは一旦、ハワイ島方面へ軍を退けることにしたのである。

4

アメリカ海軍の潜水艦も決して遊んでいたわけではなく、オアフ島の周囲四〇〇海里付近で厳重な哨戒網を構築していた。が、連合艦隊はいまだそのなかへ一度も進入していなかった。

攻め手は時と場所を選べる。連合艦隊はその利点を最大限に活かそうとしていたが、空母兵力で劣るアメリカ太平洋艦隊は、暗号解読情報に頼るほかなかった。

ハルゼー艦隊は〝日本軍の誘いに乗ってはならない！〟と警戒するあまり、一二時間以上の長きにわたってオアフ島の南方海域に軍をとどめすぎた。これでは日本の潜水艦に〝どうぞ発見してください〟といっているようなものであり、案の定、「伊一九」潜水艦に発見されて、強烈な一撃を喰らってしまった。日本の空母を待ち伏せしようとして、結果的に日本の潜水艦に待ち伏せされてしまったのである。

対する連合艦隊は、米側の予想をくつがえして大きく針路を変えたため、敵潜水艦による監視をうまくすり抜けることができた。

連合艦隊は夜を突いてミッドウェイ島・東南東の安全な海域でついに集結を果たし、これで上陸船団が、米軍機動部隊から急襲を受ける、というような心配もほぼ解消された。

山口大将が艦隊の分散を避けたのは上陸船団をきっちり護るためでもあった。

——これで攻略部隊（上陸船団など）は護衛空母三隻とミッドウェイ航空隊の支援を常に得られるようになった。……あとは第一、第二、第三艦隊で、思い切って敵方へ突っ込み、攻撃を仕掛けるのみだ！

八月九日・午前零時三〇分。山口大将はそう決意するや、「大和」以下、連合艦隊主力の全艦艇にいよいよ進撃を命じた。

「針路・東南東、速力二〇ノット！　オアフ島へ向け一気に進軍せよ！」

今度こそ本当の進撃だった。

陣形はもはやととのっている。一二隻の空母を中心にして戦艦九隻が寄り添い、そのまた周囲を巡洋艦や駆逐艦が大きく取りかこんでいる。

軽巡「神通」「那珂」を先頭にして駆逐艦八隻が続き、その後方に「大和」「武蔵」「山城」が堂々と陣取っている。そのすぐ後ろに空母一二隻が続き、空母群の左右両翼を長門型、金剛型の戦艦三隻ずつが固めていた。

空には満天の星が輝き、絶好の気象条件が続いている。波も比較的おだやかで、北東から依然として貿易風が吹いていた。

山口大将はみずから「大和」の艦橋に立ち、周囲に眼を光らせていたが、突き進む味方艦艇のエンジン音が洋上にただ響くのみで、なにも異変は起こらなかった。

やがて進撃開始から四時間半が経過し、九日の午前五時を迎えると、空が薄っすらと白み始めてきた。

既定の方針に従って、小沢中将はまず零戦九機を直掩《ちょくえん》に上げ、続いて艦攻一二機を南東方一帯の索敵に出した。

ミッドウェイ基地からは今日も九七式飛行艇が飛び立つことになっており、念には念を入れての索敵だが、この期に及んで米軍機動部隊がのこのこミッドウェイ方面へ現れるようなことは、まずないと考えられた。

日本側の読みは正しく、九日・午前五時の時点でハルゼー中将はハワイ島方面へ一〇〇海里ほど軍を退けており、遠方の日本軍艦隊を捜し出すのに、この日もオアフ島の飛行艇部隊を頼らざるをえなかった。

日本軍潜水艦から不意討ちを喰らって、ハルゼー司令部はなにを信じてよいのやら、疑心暗鬼におちいっていたが、もはや〝暗号解読情報が当てにならない！〟ということだけは、はっきりしていた。

以後は独自の判断で行動せざるをえないが、もうひとつだけはっきりしていることがあった。

それは、日本の大艦隊が現にこうしてハワイ方面へ押し寄せて来たのだから、日本軍機動部隊は近いうちに必ず〝オアフ島を空襲して来る！〟ということだった。

そのときこそ味方四空母の出番だが、むやみに敵方へ突進するわけにもいかず、空母「エンタープライズ」の司令部にはなんとも重苦しい空気が流れていた。

ブローニングはなにも進言できない。

が、午前九時四二分になってようやくハルゼー司令部に待ち望んだ報告が飛び込んで来た。

この日も午前四時を期してフォード島基地から一八機のカタリナ飛行艇が飛び立っており、そのうちの一機が日本軍艦隊との接触に成功、報告を入れてきたのだ。

通信参謀が「エンタープライズ」の艦橋へ駆け込み報告した。

「空母をふくむ敵艦隊がオアフ島の西北西およそ六一五海里の洋上に現れました！　敵機動部隊は速力二〇ノットで、なおもオアフ島へ近づきつつあります！」

これを聞いてハルゼー中将以下、艦隊司令部の全員が直感した。

――日本軍機動部隊は明日（一〇日）の夜明けを期してオアフ島を空襲して来るにちがいない！

ところが、ブローニングだけはあくまでも冷静だった。

「性急にこの誘いに乗ってはいけません！　昨日もほぼ同じ様な時間帯に敵を発見しましたが、そのあと行方をくらまし、敵は結局ミッドウェイ方面へ退いていたのです。……索敵を継続し、敵の企図を見定めるべきです！」

そのとおりだが、こうも〝待ちの時間〟が長く続くと、ハルゼーはいい加減じれてきた。

「まだ待つのか……」

ハルゼーは思わず愚痴ったが、ブローニングはかまわず力説した。

「やはり日没まで、敵の動向をじっくり見定めるべきです。……あまり性急に飛び出しますと、われわれはオアフ島と敵艦隊とのあいだに挟まれてしまいます！」

ブローニングの言うとおりであり、ハルゼーはしぶしぶうなずいた。

「やむをえんな……」

その後、索敵情報はしばらく途絶えたが、フォード島基地から追加で飛び立っていたカタリナ飛行艇が、ハルゼー中将が期待したとおりの報告を午後二時四五分におこなった。

その報告によると、日本軍艦隊はこの時点でオアフ島の西北西およそ五一五海里の洋上まで近づいており、ヒッカム基地・陸軍司令官のウィリアム・F・ファーシング大佐は、五〇〇海里圏内に敵艦隊が進入してから攻撃せよ、というニミッツ大将の忠告にもかかわらず、果敢にB17爆撃機による索敵攻撃を決意したのだった。

ファーシングは夕刻までに日本の艦隊はさらに近づいて来ると予想したのだが、すぐに発進を命じることができたのは一八機で、それらB17爆撃機はいずれも一〇〇〇ポンド爆弾四発ずつを装備していた。

相当な攻撃力だが、全機が基地から飛び立ったのは午後三時二〇分のことであり、結局、日本軍艦隊の上空へたどり着いたのは、それから約三時間後の午後六時一七分のことだった。

そのときにはもう、ファーシングの読みどおり日本軍艦隊はオアフ島の西北西およそ四四五海里の洋上まで近づいていたが、もはや日暮れ間近で太陽は西へすっかり傾いていた。

この日の日没時刻は午後六時二八分で、米軍爆撃隊はその前にかろうじて日本軍艦隊の上空へ到達したが、西日へ向けての飛行は視界がきわめて悪く、とても空母に狙いを定めて爆撃できるような状況ではなかった。

しかも、連合艦隊の上空では三〇機以上の零戦が待ち構えており、結局、投弾に成功したB17は一四機でしかなかった。

一九四二年八月のこの時点でスキップ・ボミング（反跳爆撃法）はいまだ実戦部隊で採用されておらず、零戦の波状攻撃を受けながら高高度から投じられた爆弾は結局、戦艦「陸奥」と重巡「筑摩」に至近弾をあたえたにすぎなかった。

両艦とも舷側に小破程度の損害を受けたのみで悠々と航行している。

それにしてもレーダーはやはり有効だった。「大和」などの搭載するレーダーが敵爆撃隊の接近を七〇海里ほど手前で探知したため、零戦はB17が来襲する一五分ほど前に三六機が飛び立ち、太陽を背にして敵機編隊へ一斉に襲い掛かることができたのだった。

ファーシング大佐による目論見《もくろみ》はそれらしい戦果を挙げることはできなかったが、アメリカ軍にとって、B17爆撃隊の果敢な出撃は決して無駄ではなかった。

九日の日没を迎えた午後六時三〇分の時点で日本の艦隊は〝オアフ島の西北西およそ四四〇海里の洋上まで前進して来た！〟という事実を、ハルゼー中将やブローニングはきっちりと知ることができたのだ。

午後七時ちょうど。周囲がすっかり暗闇につつまれると、ブローニングは満を持してハルゼー中将に進言した。

「今すぐ速力二一ノットで進軍し敵との距離を詰めましょう。ただし、敵艦隊とオアフ島のあいだに挟まれるのは好ましくありませんので、針路を西北西に執るべきです」

艦隊が速力二一ノットで西北西へ向けて進軍すれば、一〇日・午前四時三〇分過ぎには味方艦載機で攻撃可能な二〇〇海里圏内に、日本の空母をとらえることができる。

――よし、三度目の正直だ！　ジャップもまさかこれ以上、重油を浪費するわけにはゆくまい。

「ようやく獲物にあり付けそうだな……」

ハルゼーは虎視《こし》眈々《たんたん》とつぶやき、ブローニングの進言にうなずいたのである。

5

Ｂ17爆撃機が上空から飛び去ると、空母一二隻はただちに零戦の収容に掛かり、その全機がわずか二分ほどで着艦を終えて、収容作業は午後六時四五分に終了した。

三六機の零戦は空母一二隻から三機ずつが舞い上がっており、軽空母「瑞鳳」に最後の零戦が着艦すると、山口大将は本作戦中で、最も絶妙かつ機敏な命令を発した。

「麾下全艦艇に告ぐ！　ただちに針路を〝東〟へ執り、速力を二四ノットに上げよ！」

これまで連合艦隊主力は針路を東南東に執っていたが、それを〝真東〟に変更して、進軍速度も二〇ノットから二四ノットに引き上げようというのであった。

「……いよいよですね」

酒巻参謀長がそうつぶやくと、山口はこくりとうなずいてみせた。

それもそのはず。米軍機動部隊はオアフ島の南方洋上で行動していることが、「伊一九」の通報でほぼ確実だった。

そこで山口は、夜を利して自軍艦隊をオアフ島の北方へと導き、米軍機動部隊との距離を稼いでおくことにしたのだ。そうすれば、米軍艦載機が連合艦隊上空へ来襲する前に、オアフ島飛行場を叩きつぶせる可能性が出てくる。

米軍艦載機の足は短い。米軍機動部隊との距離を二五〇海里も取ることができれば、まずは味方艦載機が一方的に敵空母を攻撃できる。さらにはその前にオアフ島飛行場をことごとく無力化しておけば、両者からの挟撃を避けながら敵飛行場と米軍機動部隊の両方を〝各個撃破できる可能性が高い！〟と考えたのだった。

夕闇がせまり、九日・午後七時を迎えた時点で戦艦「大和」以下の全艦艇がすでに真東へ向けて疾走していた。輪形陣を維持しての進軍は、速力二四ノットがまず限界だった。

ハワイ周辺海域はもはやすっぽりと暗闇につつまれており、空母「エンタープライズ」艦上で指揮を執るハルゼー中将やブローニング大佐は、日本の連合艦隊がそれまで〝東南東〟に執り続けていた針路を、午後六時四五分を境にして〝真東に変更した！〟という事実にまったく気づいていなかった。

いや、それだけではない。ミッドウェイ環礁の西北西およそ五〇海里に位置するキュア島（クレ環礁）では、ハワイ時間の九日・午後八時四〇分を期して「オアフ島夜間空襲隊」の二式飛行艇がいよいよ作戦を開始した。

巨大な四発の機体をぶるぶると振るわせながら一六機の二式飛行艇が次々と礁湖から飛び立ってゆく。エンジンはどれも快調だ。その全機が午後九時には上空へ舞い上がった。

あとから発進したものを編隊に吸収すると、「夜間空襲隊」を率いる橋爪寿雄《はしづめとしお》大尉は、速力一六〇ノットでオアフ島上空をめざし、いよいよ進撃を開始した。

橋爪大尉機以下の四機は零式吊光照明弾一六発ずつを搭載し、照明隊として指揮を執るが、残る飛行艇一二機は、それぞれ五〇〇キログラム爆弾二発、二五〇キログラム爆弾四発ずつを搭載して出撃していた。

オアフ島までの距離はおよそ一二〇〇海里。巡航速度の時速一六〇ノットで東南東へ飛び続けると、一六機は、今からおよそ七・五時間後の八月一〇日・午前四時三〇分ごろにオアフ島の上空へ到達する。

往復の飛行距離は二四〇〇海里に及ぶが、二式飛行艇の航続力をもってすればお釣りが来る。

発進から三時間後には日付けが九日から一〇日に変わり、時計の針は午前零時を指したが、一六機ともエンジンは絶好調で、夜間空襲隊はオアフ島の西北西およそ七二〇海里の上空まで前進していた。

すべて順調だが、その三〇分ほど前にはレイサン島や上陸船団、第七艦隊の上空を相次いで飛び過ぎ、洋上にきらめく無数の灯を眼にして、橋爪大尉は決意をあらたにしていた。

——こりゃすごい数だ……。なるほど、大作戦にちがいない、失敗は断じてゆるされんぞ！

いっぽう、日付けが変わった一〇日・午前零時の時点で、「大和」以下の連合艦隊主力は速力二四ノットでたっぷり五時間以上、真東へ航行し続けて、オアフ島の西北西およそ三一五海里の洋上へ達していた。

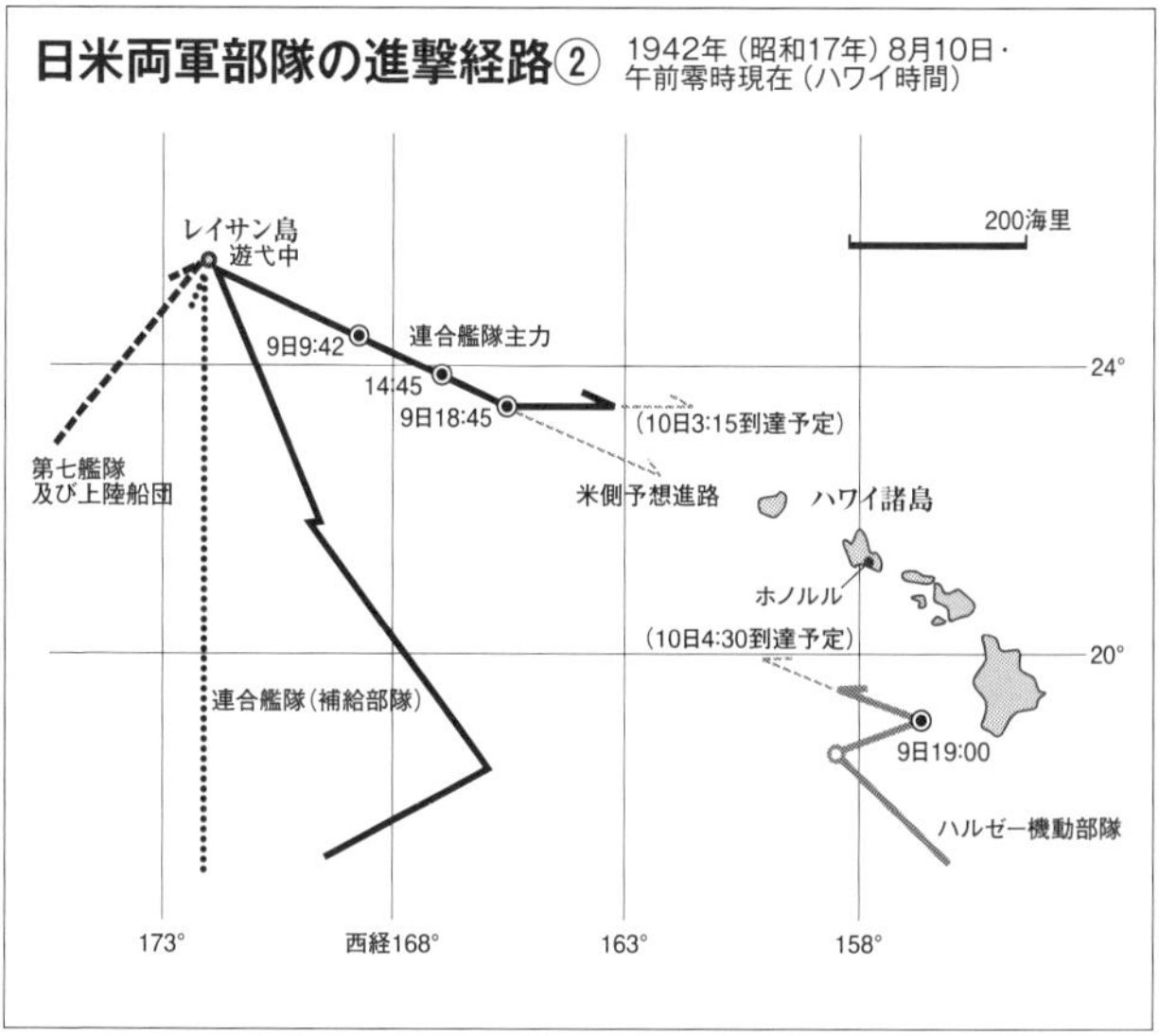


気の早い整備員はとっくに起きており、九空母の艦上では早くも第一波攻撃隊の準備が始まろうとしていた。

九空母とは、第二、第三、第四航空戦隊の母艦九隻のことで、「赤城」「飛龍」「蒼龍」「加賀」「飛鷹」「隼鷹」「龍鳳」「祥鳳」「瑞鳳」はオアフ島へ向けて攻撃隊を発進させる。が、第一航空戦隊の母艦三隻「魁鷹」「翔鶴」「瑞鶴」は米軍機動部隊の出現に備えて全攻撃機を温存することになっていた。

第一波攻撃隊の発進予定時刻はハワイ時間で午前三時一五分と定められていた。

対するハルゼー艦隊は、日本軍艦隊の変針にまるで気づいておらず、同じく一〇日・午前零時を迎えた時点で、オアフ島の南南西およそ一二〇海里の洋上に達しようとしていた。

「わが艦隊は予定どおり、午前四時三〇分過ぎには、オアフ島の南西・およそ一五八海里の洋上へ到達します」

ブローニングが腕時計を見ながらそう報告すると、ハルゼー中将はあらためて深々とうなずいてみせた。

いっぽう、橋爪機以下の飛行艇一六機はなおもオアフ島をめざし、順調に飛行を続けている。

そして、時計の針が現地時間で午前三時一五分を指すと、かれら夜間空襲隊は飛行高度を一気に三〇〇メートルまで下げた。

オアフ島・米軍基地のレーダー探知を避けようというのだが、行動を起こしたのは夜間空襲隊ばかりではなかった。

第二、第三、第四航空戦隊の母艦九隻の艦上ではすでに第一波の攻撃機が勢ぞろいしており、小沢中将は角田中将の旗艦・空母「赤城」からの信号を受け、午前三時一五分に満を持して攻撃隊に発進を命じた。

第一波攻撃隊／攻撃目標・オアフ島飛行場

②空母「赤城」／零戦九、艦攻二七
②空母「飛龍」／零戦九、艦爆一八
②空母「蒼龍」／零戦九、艦爆一八
③空母「加賀」／零戦九、艦攻二七
③空母「飛鷹」／零戦九、艦爆一八
③空母「隼鷹」／零戦九、艦爆一八
④軽空「龍鳳」／零戦九、艦爆六
④軽空「祥鳳」／零戦九、艦攻六
④軽空「瑞鳳」／零戦九、艦攻六
※○数字は各所属航空戦隊を表わす。

第一波攻撃隊の兵力は、零戦八一機、艦爆七八機、艦攻六六機の計二二五機。

九七式艦攻六六機のうちの三六機が八〇〇キログラム爆弾一発ずつを装備しており、残る三〇機の艦攻は二五〇キログラム爆弾二発ずつを装備していた。

連合艦隊にとって幸運だったのは、オアフ島の北方海域については、米軍潜水艦の哨戒が手薄になっていたことだった。そのため山口大将は、米軍にまったく悟られることなくオアフ島の北西へと軍を進めることができた。

暗号解読情報を信じたニミッツ司令部は、日本の艦隊は必ず〝マーシャル方面から現れる！〟と考えて、オアフ島の南東方面一帯に味方潜水艦を集中させていた。この配置を、一日や二日で急に変更するのはおよそ無理な相談だった。

小沢中将が第一波攻撃隊に発進を命じた午前三時一五分の時点で、連合艦隊主力はすでにオアフ島の北西およそ二五〇海里の洋上まで軍を進めていた。

第二、第三、第四航空戦隊の母艦九隻は北東の風に向かって艦首を立て、第一波の全機が午前三時三〇分には上空へ舞い上がった。

連合艦隊はその位置を米側にまったく知られることなく、オアフ島へ向けて二二五機の攻撃機を出すことができたのである。

その意義は大きかった。

6

一六機の二式飛行艇はオアフ島をめざして順調に飛行を続けていた。

午前四時一九分。オアフ島の手前およそ三〇海里の上空へ達すると、橋爪大尉は、愛機の速度を二二〇ノットに引き上げ、高度三〇〇〇メートルまで一気に上昇した。

列機もみな心得ており、橋爪機の後方にしかと続いている。一六機の二式飛行艇はまさに一丸となって突き進んでいた。

そして、オアフ島の北西端・カナエ岬の上空を突っ切るや、橋爪大尉は意を決して、突撃命令を発し、編隊を二手に分けた。

「全軍突撃せよ！（トトトトトッ！）」

第一空襲隊八機／攻撃目標・ヒッカム飛行場
第二空襲隊八機／攻撃目標・ホイラー飛行場
※両空襲隊とも二機は照明隊

いずれも、照明隊の飛行艇二機が先行し、爆撃隊の六機がそれに続いている。

橋爪大尉の直率する第一空襲隊はヒッカム飛行場の上空へと急ぎ、難波正忠《なんばまさただ》大尉の直率する第二空襲隊はホイラー飛行場の上空へ向かった。

空はまだ暗く見通しは利かないが、各飛行場ではすでに戦闘機や爆撃機の出撃準備が始められており、夜間空襲隊はその灯りを頼りにすることができた。

それはよかったが、橋爪機が突撃命令を発するや、それから二分と経たずしてけたたましいサイレン音が鳴りひびき、オアフ島全体に空襲警報が発令された。

それと同時に、敵基地や飛行場の灯火が次々と消されてゆく。

——いかん、気づかれたかっ！

橋爪はそう直感したが、そのときにはもう、第一、第二空襲隊はめざす敵飛行場の近くまで接近していた。橋爪や難波はとっさに照明弾の投下を命じるとともに、相次いで突撃命令（ツ連送）を発した。

「全機突撃せよ！（ツツツツツッ！）」

難波機がツ連送を発したのが午前四時二六分のことで、橋爪機はそれより一分ほど後れて命令を発した。

ホイラー、ヒッカム両飛行場の上空はたちまち真昼のような明るさとなり、ホイラー飛行場では機敏なパイロットがP40戦闘機に飛び乗り、大急ぎでエンジンを始動、今まさに上空へ舞い上がろうとしていた。

しかし、それより一瞬はやく爆撃隊の二式飛行艇一機が爆弾を投下。炸裂した二五〇キログラム弾の爆風にあおられ、そのP40はエプロン地帯で整列していた友軍機の群れへと突っ込み、激しく燃え上がった。

大破したP40の破片が周囲へ飛び散り、近くの戦闘機が次々と火炎に巻き込まれてゆく。もはやこうなると発進するのは不可能で、滑走路に居並ぶ米軍戦闘機はまったく身動きが執れなくなってしまった。それをしりめに爆撃隊の二式飛行艇が次々と爆弾を投下してゆく。その様子をしかと眼で追いながら、難波機は〝ここぞ！〟とばかりに照明弾を投下し続けた。

地上の敵戦闘機はどれも金縛りにでも遭ったようにしてほとんど動かない。投じられた爆弾はすでに一八発をかぞえ、爆撃隊が三航過目の爆撃を終えたときにはもう、ホイラー飛行場は火の海と化していた。

攻撃開始からすでに一〇分が経とうとしているが、それでもまだ爆撃は終わらない。それもそのはず。爆撃隊の二式飛行艇六機はいずれも爆弾六発ずつを搭載していた。

四航過目ですべての二五〇キログラム爆弾を投下し終えると、六機はしばらく上空を旋回してから、再び爆撃コースへと進入、損害軽微な場所を見定め、今度はいよいよ五〇〇キログラム爆弾の投下を開始した。

いったん空襲が止み、勇気ある一部の米兵が消火を試みようとしたが、クジラのように巨大な日本軍機が再び舞いもどり、重量級の爆弾を投下し始めた。米兵はみな蜘蛛《くも》の子を散らしたように四散し、再度防空壕へ退避し始めた。とにかくこのバケモノが飛び去るまではまるで手の施しようがなかった。

投じられた爆弾は結局三六発をかぞえ、巨大なクジラが上空からすべて飛び去ったのはようやく午前四時五〇分のことだった。

その直前に、ほかの飛行場から飛び立ったP40など数機がホイラー飛行場の上空へ駆け付け、反撃を試みたが、いまだ空は暗く、およそ有効な反撃とはなりえなかった。

ただし、それでもバケモノ一機を撃墜していたが、ホイラー飛行場からは無数の黒煙が昇り、滑走路のいたるところで、いまだに多くの戦闘機が燃えていた。

まったく尋常ならざる被害だが、完全に破壊された戦闘機は七〇機程度であり、まずはすべての火を消し止め、機の残骸を撤去して滑走路の穴をふさげば、おそらく一、二時間後にはまとまった数の戦闘機を飛ばせそうだった。

　ホイラー基地にはいまだ無傷の戦闘機が一五〇機は残されており、さらに修理可能なものも六〇機程度は在ると思われた。

　復旧をあきらめるのは断じて早いが、問題はほぼ同時に攻撃を受けていたヒッカム飛行場のほうだった。

　ヒッカム基地に配備されていた陸軍爆撃機（B17、B24、B25、A20など）はいずれも重量級で、戦闘機のようにはすぐに飛び立てない。しかも日本軍艦隊を発見してから兵装作業をやっていたのでは手後れになるため、これら爆撃機、攻撃機に対してはすでに爆弾や魚雷の積み込み作業がおこなわれていた。

　そこへ第一空襲隊の二式飛行艇八機が突如として現れ、止めどなく爆弾を投じていったのだからたまらない。

　地上に居並ぶ米軍爆撃機はみずからが搭載していた爆弾などが次々と誘爆を起こして、ヒッカム飛行場に配備されていた二三〇機のうちのおよそ半数が第一空襲隊による爆撃で一挙に破壊されてしまった。破壊された機のなかには二八機のB17爆撃機もふくまれており、とくに四発の巨大な機体を持つB17、B24爆撃機などは恰好の標的にされた。

　これらの大型機にはガソリンや銃弾も大量に積まれており、ひとたび機体が燃え上がると、まるで手の付けようがなかった。誘爆の危険性があるため、近づくことさえできない。

　ヒッカム飛行場もまた二〇分以上にわたって猛爆撃を受け続け、飛行場のいたるところで黒煙と火災が発生、復旧にはすくなくとも半日を要するだろうと思われた。

いや、全面復旧におそらく一週間程度は掛かるにちがいなかった。

きっちりとヒッカム飛行場の状況を再確認した橋爪大尉は、夜間空襲隊は充分に〝所期の目的を果たした!〟と判断して、午前四時四八分に引き揚げを命じた。

ちなみに第二空襲隊は二式飛行艇一機を失っていたが、橋爪大尉の直率する第一空襲隊は一機も失っていなかった。

日本軍機が飛び去ったあとでもなお、ヒッカム飛行場では誘爆が続いていた。

## 7

ところで、オアフ島には八月上旬のこの時点で七〇〇機余りの陸海軍機が配備されていた。

ホイラー基地やその予備飛行場となるハレイワ基地には、計二八〇機の陸軍戦闘機が配備されており、P40戦闘機一八〇機を主力として、P38戦闘機六〇機やP39戦闘機四〇機など、全三機種が駐機していた。

のちにアメリカ陸軍航空隊の主力となるP47サンダーボルト、P51ムスタングといった新型戦闘機はいまだ開発途上にあり、一九四二年八月の時点でこれら新型機はオアフ島に一機も配備されていなかった。

防衛の主体はホイラー飛行場配備の陸軍戦闘機だが、ヒッカム飛行場にも、攻撃用として双胴のP38戦闘機・約三〇機が配備されており、残る二〇〇機ちかくを四発機のB17、B24爆撃機や双発機のB18、B25爆撃機、A20攻撃機などが占めていた。

以上ヒッカム、ホイラー基地に配備されていた陸軍機が約五一〇機であるのに対して、海軍機はこの時点で、約一八〇機がオアフ島に配備されていた。

フォード島、カネオへ両基地に配備されていたカタリナ飛行艇が全部で五二機。それにフォード島基地やバーバース岬基地には戦艦や巡洋艦などが搭載する、キングフィッシャー水上機三二機も配備されていた。

これら八四機の海軍機に加えて、エヴァ飛行場には海兵隊のワイルドキャット三六機、ドーントレス三六機、アヴェンジャー二四機の計九六機が配備されており、それら海兵隊機に練習機二〇機なども加えると、オアフ島配備の陸海軍機は八月初旬のこの時点で、優に七〇〇機を超えていたのである。

本日（八月一〇日）の日の出はハワイ時間で午前五時三二分。午前五時を過ぎると、空が次第に白み始めてきた。

ホイラー飛行場では午前五時一〇分ごろにほぼすべての火災を消し止め、破壊された機の残骸が取り除かれつつあった。

かたやヒッカム飛行場では、ようやく配備機の誘爆がおさまっていたものの、消火活動がなおも続いていた。滑走路のあちこちに味方爆撃機の残骸が散乱しており、Ｐ38戦闘機などもしばらくは発進できそうになかった。

そして、日本軍機によるオアフ島空襲はなおも続く。依然としてオアフ島全域に空襲警報が発令されていたが、それは基地のレーダーが、迫り来る日本軍機の大編隊をすでに探知していたからであった。

空はすっかり明るくなっており、午前五時一五分には来るべきものがやって来た。いうまでもなく日本の空母九隻から発進していた第一波攻撃隊が、敵飛行場に追い撃ちを掛けようとオアフ島の上空へ進入して来たのだ。

ホイラー、ヒッカム両基地では滑走路の修復をこれ以上ないほど急いでいたが、ヒッカム飛行場の復旧作業は遅々として進まず、その作業を一時中断せざるをえなかった。

いや、作業の中断を余儀なくされたのはヒッカム飛行場だけでなく、それはホイラー飛行場でも同じことだった。しかし、使命感に燃える整備兵らが、日本軍攻撃隊が進入して来るぎりぎりまで作業を続けて懸命に機の残骸を取り除き、ホイラー基地では見事一二機のＰ40を舞い上げることに成功していた。

周知のとおり、すでにハレイワ飛行場などから飛び立っていた陸軍戦闘機が数機存在し、空襲警報が継続されていたおかげで、海兵隊所属のワイルドキャットも午前五時一五分までにその全機が上空へ舞い上がっていた。

結局、日本軍・第一波攻撃隊が進入して来たとき、オアフ島上空ではＦ４Ｆワイルドキャット三六機、Ｐ40ウォーフォーク一五機、Ｐ39エアラコブラ三機の合わせて五四機の戦闘機が迎撃に飛び立っていた。

対する第一波攻撃隊には零戦八一機が随伴しており、レーダー情報によって日本軍機の進入を察知した米軍戦闘機が、まずは先手を取って一撃を仕掛けた。ただし、ホイラー基地発進の一二機はいまだ上昇しきっておらず、それらＰ40は最初の攻撃には参加できなかった。

四二機の米軍戦闘機は高度差を活かして果敢に突入した。

第一波攻撃隊を率いる橋口喬少佐は、まもなく敵戦闘機の襲撃に気づいたが、敵機の数が思いのほか多く、しかも対応がわずかに後れた。

まず二〇機以上の敵機から急襲を受けて零戦四機、艦爆二機、艦攻四機を失い、続けて突入して来た二〇機ちかくの敵機からも追い撃ちを掛けられ、さらに零戦一機と艦爆、艦攻二機ずつを撃ち落とされた。

いきなり一五機を失い、残る攻撃機は零戦七六機、艦爆七四機、艦攻六〇機の計二一〇機となっている。

しかし、この貴重な犠牲と引き換えに、橋口少佐は、敵機の大半がグラマンＦ４Ｆであることを見逃さなかった。

――なるほど、海兵隊機だな……。エヴァ飛行場を優先的に叩く必要がある！

そして橋口がそう直感したときにはもう、五〇機ちかくの零戦が反撃に転じており、まずはグラマン四機を返り討ちにしていた。

――よし！　あとは制空隊（零戦四九機）に任せておけば、大丈夫そうだ……。

たしかに、反撃に転じた零戦がことごとく敵機に喰い付いており、攻撃隊の上空にはそれでもなお、直衛隊の零戦二七機が残っていた。

やがてホイラーの上空へ近づいてゆくと、さらに一〇機ほどの敵戦闘機が待ち構えていた。Ｐ40だが、それら敵機は直衛隊の零戦に突入を阻まれて、こちらでも空戦が始まった。

零戦は数でも敵を圧倒しており、戦いを優位に進めつつある。

そのことを確かめてから橋口が地上へ眼を移すと、やはり「夜間空襲隊」の攻撃は奇襲となって成功したにちがいなく、ホイラー基地の滑走路はずたずたに寸断され、地上ではいまだ混乱状態が続いていた。

道理で、迎撃して来た敵機の多くを米海軍のグラマン戦闘機が占めていたはずで、ホイラーの陸軍戦闘機は、その大半がいまだ身動きの執れない状態にあるとみられる。

とはいえ、先ほど現れた敵戦闘機はホイラーから飛び立ったのにちがいなく、同地に対する攻撃効果は充分とまではいえなかった。

現に、地上では米兵がさかんに動きまわっている。むろん復旧を急いでいるのにちがいなく、橋口は、攻撃機のおよそ三分の一をホイラー基地の攻撃に割いた。

ひと目見ただけで、無傷とみられる敵戦闘機がいまだ一〇〇機は残っている。これら敵陸軍機が活動し始めると、それこそ厄介なことになりかねない。そこで橋口はまず、ホイラー基地の活動を徹底的に封じておくことにした。

「全軍突撃せよ！（トトトトトッ！）」

橋口が命令を発するや、二航戦・降下爆撃隊の艦爆三五機と四航戦・水平爆撃隊の艦攻一二機がホイラー基地へ次々と襲い掛かる。

それを見て危険を感じたにちがいなく、地上の米兵は一斉に四散し始めた。

そこへ投じた爆弾が炸裂、間断なく命中し始めると、橋口は〝敵の動きを封じた！〟と確信、残る列機を率いて真珠湾の上空へと急いだ。

後方からなおも爆撃音がひびき、ホイラーに対する攻撃はおそらく成功するだろう。

空戦はあきらかに零戦が優位に立っており、エヴァ飛行場を早めに空襲したいところだが、その前にヒッカム飛行場の状況を確かめておく必要がある。

ヒッカムには、大量の陸軍爆撃機が配備されており、それら米軍機が一斉に動き始めると、味方空母への反撃をゆるすことになる。

かたやエヴァ飛行場の海兵隊機は、単発機ばかりで陸軍機に比べると攻撃半径が小さい。爆弾搭載量も少なく、差し当たっての脅威とはなりにくい。やはりヒッカム飛行場の状況を先に確かめておくべきだった。

南へおよそひとっ飛び、橋口少佐の攻撃隊本隊が真珠湾の上空へ差し掛かると、はやくもヒッカム飛行場から幾筋もの白煙が立ち昇っているのが見えた。

——よーし！「夜間空襲隊」はかなりの戦果を挙げたようだ……。

そう直感し、さらに近づいてゆくと、ヒッカム飛行場では、敵ながらみるも無惨な光景が現出していた。

エプロン地帯や滑走路のソデでは重量級の敵機が二〇〇機以上もひしめいているが、その約半数がすでに破壊されており、残る半数も誘導路をふさがれ、立ち往生となっていた。

——ははあ、これでは当面のあいだ一機も発進できまい……。

橋口はそう確信したが、無傷の敵機を見逃すわけにはいかない。いや、ぜひとも、とどめを刺しておくべきで、これら敵爆撃機を一網打尽にしておけば、味方空母はおよそ機動部隊同士の戦いに専念できる。

もちろん攻撃すべきだが、およそピンポイント爆撃が可能な艦爆はエヴァ飛行場への攻撃に温存しておき、艦攻のみでヒッカムを空襲、重量級の爆弾で絨毯《じゅうたん》爆撃を仕掛けることにした。

そう考えて橋口が突撃を命じるや、三航戦・水平爆撃隊の艦攻二四機が待ってましたとばかりに攻撃を開始、きれいに整列していた敵爆撃機の頭上から破壊力満点の八〇〇キログラム爆弾を次々と投下していった。

それら艦攻のうち、一六機が八〇〇キログラム爆弾を装備しており、残る八機は二五〇キログラム爆弾二発ずつを搭載していた。

重量級の爆弾一六発は無傷の米軍爆撃機をことごとく粉砕してゆき、二五〇キログラム爆弾搭載の艦攻は、格納庫や弾倉庫らしき施設を重点的に爆撃した。

はたして、次の瞬間、投じられた爆弾の一発が弾倉庫にまんまと命中したにちがいなく、すさまじい爆炎が立ち昇り、真珠湾一帯にけたたましい轟音《ごうおん》が鳴りひびいた。

その衝撃で橋口機もぶるぶると振るえ、これで橋口は、米軍爆撃隊が組織立った反撃を実施するのは〝不可能になった！〟と確信した。

それもそのはず。滑走路に居並ぶ敵機もいまやことごとく燃えており、飛行場のいたるところに敵爆撃機の残骸が散らばっていた。

――敵がどれほど迅速に滑走路を修復したとしても、今日中にヒッカム飛行場が立ちなおるようなことは、断じてありえない！

そう確信するや、橋口は、直率する二航戦・水平爆撃隊の艦攻二四機と、三航戦・降下爆撃隊の艦爆三三機を、いよいよ西方へ導いた。

当然、エヴァ飛行場を空襲してやろうというのだが、その指揮下には、なおも四航戦・降下爆撃隊の艦爆六機が残っており、橋口はそれら六機に零戦八機を加えて東進を命じた。

オアフ島の東部には、さらにカネオヘ飛行場とベローズ飛行場が存在するため、そちらにも攻撃機を差し向けて、オアフ島から飛行可能な敵機を一掃してやろうというのであった。

いっぽう、戦闘機同士の戦いでは零戦が完全に優位に立っており、オアフ島上空の制空権はすっかり日本側が掌握していた。

それでもなお空戦は続いていたが、戦闘機同士の戦いから解放されたおよそ二〇機の零戦は、既定の方針に従って低空へ舞い下り、ホイラー基地やフォード島基地に対して機銃掃射を加え始めていた。

それまで被害をまぬがれていた米軍機も、零戦の二〇ミリ弾を喰らって、次からつぎへと地上で粉砕されてゆく。

フォード島上空へそれら零戦が現れると、橋口は、ヒッカム飛行場に対する追い撃ちも、それら零戦に任せることにし、みずから零戦八機、艦爆三三機、艦攻二四機を直率して、いよいよエヴァ飛行場の攻撃に向かった。

ところが、エヴァ基地の上空へいざ、進入してみると、滑走路やエプロン地帯に駐機する敵機はもはや一機もおらず、飛行場はすっかりもぬけの殻となっていた。

橋口は気づかなかったが、早くから空襲警報が発令されていたため、ドーントレス、アヴェンジャーといった海兵隊機は、すでにオアフ島の三五海里ほど南の空へ退避していたのだった。

同じく海兵隊所属のワイルドキャットは、すでに一六機を失い、その数を二〇機にまで減らしていたが、九機の零戦を返り討ちにして、残る二〇機はなおも空戦を続けていた。

そのため、エヴァ基地の上空を護る敵戦闘機は一機もおらず、橋口は、飛行場にしこたま爆弾を投じて、滑走路を徹底的に痛めつけた。

空《から》の飛行場を爆撃するのは結構むなしいが、滑走路を使用不能にしておく必要がある。

そして、攻撃開始から一〇分もすると、十字に交差したエヴァ飛行場の滑走路は二本とも穴だらけとなり、まるで月面クレーターのような様相を呈していた。

どう見ても離着陸できそうにない。

——今日中に復旧するのは不可能だ！　これ以上爆撃しても爆弾が無駄になる……。

そう思った橋口はにわかに攻撃中止を命じ、この時点でいまだ爆弾を投じていなかった艦爆、艦攻合わせて二〇機ほどを直率し、真珠湾の上空へ舞いもどった。

ヒッカムなど、ほかの飛行場へもう一度、追い撃ちを掛けてやろうというのだが、すでに零戦が舞い下りてしらみつぶしに敵重爆などを粉砕しており、これ以上ヒッカム飛行場を攻撃する必要はなさそうだった。

エヴァ基地やカネオへ基地などを空襲した列機も真珠湾の上空へ舞いもどり、大多数の攻撃機がもはや集結しつつある。

橋口が各隊長に確認をもとめたところ、最初に攻撃したホイラー飛行場を〝再攻撃すべき！〟との意見で一致した。敵戦闘機発進の〝余地が残されている〟との報告があったのだ。

はたして北上してゆくと、戦闘機同士の戦いはまだ続いていた。両軍戦闘機はかれこれ二〇分以上も戦っていることになるが、グラマンはかなりしぶとく、いまだ二〇機ちかくの敵機が零戦との戦いに明け暮れていた。

敵ながらあっぱれだが、どれも零戦との戦いに忙殺されており、攻撃隊本隊へ向かって来るようなグラマンはさすがに一機もなかった。

そのことをきっちり確認すると、橋口はいまだ爆撃を終えていない艦爆八機と艦攻一一機に突撃を命じて、ホイラー飛行場に残るすべての爆弾を投下した。

なるほど、ホイラー飛行場はだだっ広く、南東一帯の滑走路は破壊の程度が不充分であるように思われた。一九機は当然、そこへ集中的に爆弾を投じてゆく。

攻撃は一〇分足らずで終了した。時刻は午前五時四五分になろうとしている。

制空隊の零戦とグラマンはなおも空戦を続けているが、これでホイラー飛行場にも可能なかぎりの攻撃を加えた。

地上では何機もの敵戦闘機が燃えている。

——よし、どの飛行場も相当やっつけた！　そろそろ潮時だろう……。

橋口少佐は制空隊に攻撃中止を命じ、第一波攻撃隊はまもなくオアフ島上空から引き揚げた。

8

午前五時四八分にはすべての日本軍機が上空からすがたを消したが、そのあとも大半の飛行場から煙が昇っていた。

夜明け前に始まった空襲はおよそ一時間二〇分にわたって続き、オアフ島のアメリカ軍航空隊はいまや甚大な被害をうけていた。

ホイラー基地ではおよそ二〇〇機の戦闘機が破壊されており、ヒッカム基地でも一五〇機以上の爆撃機が破壊されていた。

飛行可能な陸軍機は一六〇機足らずとなり、それらの機も、破壊された機の残骸を取り除き、滑走路を修復して整地しなおすまでは到底、発進できそうになかった。

また、空戦においても三七機の戦闘機を失っており、生き残った一七機はすべて海軍のワイルドキャット戦闘機だった。それらワイルドキャットはバーバース岬基地に着陸したが、着陸時に一機が大破してしまい、結局エヴァ基地へもどされたのは一六機でしかなかった。

南方へ退避していたドーントレスやアヴェンジャーも、一旦バーバース岬基地へ着陸し、あとでエヴァ飛行場へもどされることになる。

これらドーントレスやアヴェンジャーは一機も失われていなかったが、海軍も地上でキングフィッシャー水上機一九機とカタリナ飛行艇一〇機を撃破されており、空戦で失ったワイルドキャット二〇機を数にふくめると、全部で五〇機ちかくを失っていた。

オアフ島の陸海軍航空隊は一挙に四〇〇機以上を喪失したことになる。

これに対して、日本軍・第一波攻撃隊の損害も決して軽微ではなかった。

母艦発進時の第一波の兵力は全部で二二五機だったが、零戦一八機、艦爆一八機、艦攻一五機の合わせて五一機が失われていた。

それら五一機には対空砲火によって撃墜された一六機もふくまれており、第一波攻撃隊の損耗率は二二・六パーセントに達していた。

むろん米軍の損害機数に比べればまるで問題にならない低さだが、オアフ島米軍にとって幸いだったのは、空襲中も基地のレーダーが活きていたことだった。

カワロア基地（同島の北西部）のレーダーが日本軍攻撃隊の動きをずっととらえており、フォード島基地で飛行艇部隊の指揮を執っていたパトリック・N・L・ベリンジャー少将は、その動きを決して見逃さなかった。

二度目に来襲したのは敵空母の艦載機にちがいなく、その大群が、西北西ではなく〝北西〟から進入して来たというのだ。ベリンジャーはこれを聞いてハッとした。


――日本軍機動部隊はオアフ島の北西で行動しているのにちがいない！

だとすれば、日本の空母群は予想よりも〝北寄り〟で行動していることになるが、むろん単なる憶測ではダメで、日本軍機動部隊の正確な位置を一刻もはやく突き止め、「エンタープライズ」艦上で指揮を執るハルゼー中将に通報してやる必要があった。

それがベリンジャーに課せられた最大の義務であり、そのことがオアフ島防衛の鍵を握っているといっても過言ではなかった。

この日も空襲が予想されたため、午前四時を期して、全二八機のカタリナ飛行艇がオアフ島から飛び立っていた。フォード島基地から発進したものが一八機。それにカネオヘ基地からも一〇機の飛行艇が発進していた。

そして〝北西〟の方角は、フォード島基地が担当する索敵線とカネオへ基地が担当する索敵線のちょうど境目に当たっていた。

まさに境界に位置するため、どちらの機も発見する可能性がある反面、どちらの機も〝見逃してしまう〟という危険性をはらんでいた。

ベリンジャーは空襲を受けている最中に、当該索敵線を担当する二機を電信で呼び出し、周囲をいつもより入念に捜索するようにまず伝え、その上でベリンジャーはまさに値千金の指示を両機にあたえていた。

「以後は巡航速度にこだわらず速力一五〇ノットで飛行せよ！　進出距離は四五〇海里程度となってもかまわん！」

かれがそう命じたのは、午前五時三〇分ごろのことだった。

PBYカタリナ飛行艇の巡航速度は時速一〇八ノットだが、今回ばかりは進出距離を犠牲にしてでも、最大速度にちかい一五〇ノットで前進せよというのであった。

速度を上げれば当然その分ガソリンを浪費してしまうが、さしもの日本軍機といえども艦載機の攻撃半径が四〇〇海里を超えるようなことは断じてない。それが現に今、オアフ島に来襲しているのだから、ベリンジャーは、日本軍機動部隊は必ず、オアフ島の〝四〇〇海里圏内で行動しているはずだ！〟と考えた。

そして、ベリンジャーの考えに狂いはなく、その正しさが午前六時三分には証明された。

カネオへ基地発進の当該飛行艇が空母をふくむ日本の大艦隊を発見し、そのむねを全軍へ向けて通報したのだ。

「敵大艦隊発見！　空母数隻！　オアフ島の北西およそ二五〇海里！」

　同機は零戦から猛追を受けており、空母の数を確かめているような余裕はもはやなかった。

　カネオへ基地発進のその飛行艇は、とにかくこれだけは〝絶対に報告しなければならない！〟と覚悟を決めて、撃墜される寸前にかろうじて右の電文を発していた。

　直後に同機との通信が途絶え、ベリンジャーはがっくりと肩を落とし〝撃墜されたのだ……〟と悟った。

　しかし、その献身的な索敵は決して無駄ではなかった。

　ベリンジャーが電文を転送するまでもなく、空母「エンタープライズ」も同機の発した報告電を直接受信していた。


　その電報を読み終えるや、ハルゼー中将がすぐさま航海参謀に諮った。

「ジャップ空母艦隊との距離はっ⁉」

　電報を手渡され、航海参謀はしっかり確かめてから答えた。

「はっ、わが艦隊と敵空母艦隊の距離は……、およそ二四五海里です！」

　これを聞くや、ハルゼー中将の表情がにわかに曇った。

　日本軍機動部隊は思いのほか北寄りで行動しており、予想より四五海里ほど距離が遠かったのである。

「ちっ、こしゃくなジャップめ！」

　ハルゼーは思わず舌打ちしたが、同機の報告のおかげで索敵ではまちがいなく先手を取ることができた。

しかも、オアフ島が空襲されたことはエンタープライズ司令部もすでに承知しており、ブローニングは強気に進言した。

「敵はオアフ島を空襲するために艦載機を少なからず手放したはずです！　……しかもわれわれはいまだ敵機などに発見されていません！　ここは高速で一時間ばかり北上し、ジャップ空母群との距離を詰めてから、午前七時ごろに攻撃隊を出しましょう！」

ブローニングが言うとおり、味方艦隊はいまだ日本軍機の接触をゆるしていなかった。四空母は行動を秘匿し続けており、現時点ではあきらかに先手を取っている。

オアフ島航空隊の受けた被害がはたしてどの程度なのか、それはたしかに気になるが、とにかくやるべきことはひとつしかなかった。

オアフ島を空襲した敵機が母艦へ収容され、敵空母がそれら攻撃機の再出撃準備を急いでいる時機をとらえて、味方四空母の艦載機で全力攻撃を仕掛けるのだ。

オアフ島を防衛するには果敢に攻撃を仕掛けて日本の空母を撃破するしかなかった。

午前六時五分。ブローニングの進言にいつもにも増して大きくうなずくや、ハルゼーは気合いたっぷりに命じた。

「麾下全艦艇に告ぐ！　針路・北北西、速力二五ノット！　ジャップ機動部隊へ向けて突進し、午前七時を期して攻撃隊を発進させる！」

ほどなくしてハルゼー中将の命令が伝わり、空母「エンタープライズ」以下の全艦艇が北北西へ向けて疾走し始めた。

太陽はもはや東の水平線上に輝いている。

ブローニングが進言したとおり、アメリカ軍機動部隊はこのときまちがいなく〝索敵〟で先手を取っていた。が、抜けるような青空が広がっていたのである。

四空母のすがたを上空から遮蔽するような雲はひとつもなかった。

VICTORY NOVELS ヴィクトリー ノベルス

新連合艦隊(2)
オアフ島への大進軍！

2023年4月25日　初版発行

著　者　　原　俊雄
発行人　　杉原葉子
発行所　　株式会社 電波社
〒154-0002　東京都世田谷区下馬6-15-4
TEL. 03-3418-4620
FAX. 03-3421-7170
http://www.rc-tech.co.jp/
振替　　00130-8-76758

印刷・製本　中央精版印刷株式会社

乱丁・落丁本は、小社へ直接お送りください。
郵送料小社負担にてお取り替えいたします。
無断複写・転載を禁じます。定価はカバーに表示してあります。

ISBN 978-4-86490-229-8 C0293
© 2023 Toshio Hara　DENPA-SHA CO., LTD.　Printed in Japan